일인분의 외로움

일인분의
외로움

오휘명 산문집

히읗

—
1부

표정 없는 사람들

차
례

—
2부

여름다웠던

일인분의 외로움

6

—

3부

캘리포니아와 겨울날의 중간

차
례

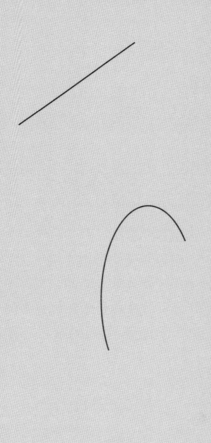

1부

표정 없는 사람들

—

표정 없는 사람들

외로운 표정으로 앉아 있는 사람들을 보면서 문득 이런 생각을 했습니다. 우리는 같은 방면의 열차를 탔거나 같은 방향으로 가는 버스를 탄 사람들이니, 어딘가로 '함께 가고 있는' 거라고요. 내리는 곳은 다를 수 있더라도 절망적으로 외로운 영혼들은 아닌 거라고요. 저도 이제 집으로 갑니다. 하루를 마치고 있나요? 수고 많았습니다, 우리는 같은 쪽으로 가고 있습니다.

—

집이 되는 일

　승호와 서현이가 결혼을 한다.

　승호는 번화가의 한구석에서 작은 와인바를 운영하는, 내 오랜 동네 친구다. 가게는 때로는 잘 되기도 하였고, 잘 안 되기도 하였다. 너무도 경기가 안 좋을 때는 메뉴를 바꾼다 든지, 간판을 새로 단다든지 하며 여러모로 애썼다. 그렇게 가게는 몇 년째 자리를 지키고 있다. 요즘 같은 때에 요식업 으로 일 년을 버틴다는 게 얼마나 힘든 일인지, 나는 겪어보 기도 하고 이곳저곳에서 듣기도 해서 잘 알고 있다. 그래서 때로는 나보다 덩치도 작고 목소리도 얇은 승호가 형처럼 대 단해 보일 때도 있다. '계속 어딘가에 있다는' 어떤 안정감. 서현이는 몇 년 전 승호의 연인으로 알게 되어 이제는 종종 마주치면 인사를 나누는 동갑내기다.

　처음 그의 결혼 소식을 들었을 때, 나를 비롯한 동네 친구 들의 반응은 '아 그래?'였다. 화들짝 놀라지도, 왜 벌써 결혼을? 하고 의아해하지도 않았다. 그냥, 일어났어야 할 일이 드디어 일어났구나, 그렇게 생각했던 것 같다. 그도 그럴 것이 그 아이는 늘 그런 아이였으니까. 딱히 인상 깊은 외모를 갖고 있지도 않았고, 왜소한 체격에 자기주장도 잘 하지 않고, 딱히 취미도 없어 보이는 그 아이는, 다른 건 다 그렇다 쳐도 늘 거기에 있는 사람이었다. 그게 사랑이 됐든, 삶이 됐든, 있었던 자리에 늘 있는 사람. 그러니까 건물로 생각해서는 어떤 쪽이냐 하면 화려한 백화점이나 음식점, 반짝거리는 카페가 아닌, 그저 집 같은 사람. 만일 내가 서현이였어도 그런 집 같은 사람을 선택했을 거라고 생각한다. 화려한 물건, 음식, 생활도 다 좋지만, 그 어느 곳보다도 오래 머무는 곳은 결국은 집이니까.

며칠 전에는 동네 24시간 중국집에서 술을 한잔하다가 유리창 바깥으로 지나가는 그들과 인사를 나눴다. 가게를 닫고 나름대로 기분을 내러 가는 모양이었다. 그 아이들이 점점 멀어지다가 점보다도 작아지는 것을 보고, 나는 사람이 사람을 만나는 일에 대해 얼마간 생각했다. 엄밀히는 결혼까지는 아닌 연애에 대해. 저 사람들과 나 사이에 있는 차이점은 뭘까. 내게는 한두 번의 연애 말고는 사람이 오래 머문 적이 없었다. 나머지는 다 어딘지 모르게 흔들리는 눈빛으로, 아니면 위험 같은 것을 감지한 동물처럼 급하게 나를 떠나가곤 했다.

안정적인 집이 되어야 사람이 오래 머물지.

그게 그날 밤 내가 내린 결론이었다. 사람은 사회적인 동물이지만, 한편으로는 최소한의 개인적 공간이 필요한 동물이기도 하다. 아무리 바깥에서 많은 활동을 하고 또 많은 것을 누려도, 집에서 편한 옷을 입고 혼잣말을 하고, 때로는 민망한 자세로 쉬는 시간을 무시해서 안 된다는 말이다.

나부터가 그렇다. 내가 그토록 열심히 꾸미고 예뻐하는 작업실에서조차도 하루 이상 시간을 보내는 것은 버겁다. 좋은 스피커가 있고 커피를 내려 마시기에 좋고, 무엇보다도 글이 잘 지어지지만, 간단히나마 몸을 씻을 수 있는 독립적인 욕실이 없다는 점은 치명적이다. 가끔 거기서 밤샘을 한다고 해도 새벽 여섯 시쯤이면 느껴지는 찝찝함과 푸석거림 때문에 버틸 수가 없게 된다. 결국 나는 버티지 못하고 새벽 지하철을 타려 외투를 주워 입는 것이다. 나만의 아늑한 집에는 무엇보다도 홀딱 깨벗고 완전한 해방감과 따뜻함으로 몸을 씻어낼 수 있는 욕실이 있으니까. 목욕을 마치고 나오면 나는 아주 완벽히 행복해져서, 이대로 며칠은 집에서 아무것도 안 하고 잠만 자고 싶다고 생각하게 된다. 어딘가로부터 초대를 받거나 기념할 만한 일이 있어 가지 않았던 동네에 갔을 때도, 처음에야 신기하고 황홀하고 맛있고 멋있는 경험에 휩싸여 정신을 못 차렸지만 결국 마지막에 튀어나오는 본심은 '집에 가고 싶다'였다.

사람과 사람이 사랑하는 일, 순간의 유혹이나 즐거움을 좇는 게 아닌 진득하게 사랑하는 일 역시 그런 게 아닐까. 24시간 내내 화려하고 예쁜 모습만 보여 주는 사람은 아니지만, 결국의 결국에는 아, 그 사람이 그립다, 마음 편하게 안겨 있고 싶어, 그렇게 원하게끔 하는 사람을 사랑하는 일. 하루의 속상했던 일을 씻어낼 수 있는 욕실 같은 것을 갖고 있어서, 내게 완전한 해방감과 따뜻함을 주는 사람을 사랑하는 일.

그러니까 서로가 서로에게 안정적인 집 같은 사람이 되어 주는 일.

어쩌면 나는 그러지 못했어서, 지금도 그러지 못하고 있어서 진득한 사랑을 못 하고 있는 거다. 나라는 사람은 어딘가에 뿌리를 박고 몇 년이고 거기에 있는 나무 같은 사람이 아니라, 어느 골목 가게의 환풍구 같은 곳에서 비롯하여 이리저리 휘둘리며 날아다니는 하찮은 바람 같은 사람이라서. 안정적인 구석이라곤 찾아볼 수가 없는 사람이라서. 머물고 싶은 마음이 들지 않는 사람이라서.

지하철에서 내리면, 몇 번 출구로 나가야 미팅 장소와 가까운지도 모르는 채로, 나는 무작정 붕어빵 냄새가 나는 것만 같은 출구로 향한다. 그리곤 계단을 오르면 어김없이 보이는 붕어빵 천막을 보고 행복해한다. 사 먹는 일은 극히 드물다. 거의 없다고 봐도 될 정도다. 나는 그 조금의 팥소조차 달아서 못 먹는 사람이니까. 다만 나는 붕어빵의 앞으로 몇 달도 못 갈 유한성을 사랑한다. 봄이 오면 자취를 감추고 여름이 오면 사람들의 기억에서조차 점점 잊혀갈, 그 쓸쓸한 덧없음. 마치 며칠을 못 사는 꽃이 아주 예쁘게 피었다가 눈치도 못 챈 사이에 져버리는 일처럼.

물건을 고르는 일 역시 그렇다. 한 달쯤 전에는 새 향수를 하나 데려왔다. 마르지엘라 사의 향수인데, 꼭 난로 옆에 있

는 것처럼 따뜻한 향을 내는 향수였다. 고구마나 밤이 구워
지는 향, 장작 타는 향 같은 것들이 어우러져서, 나는 대놓고
겨울 향이에요, 꼭 그렇게 말하는 것 같았다. 나는 그 뻔뻔할
정도로 강한 계절감에 이끌려서 가격도 묻지 않고 그걸 들고
나왔다. 나는 아마 이 향수 역시 여름이면 사람들로부터 버
려질지도 모른다고 생각했다. 여름과는 도무지 어울리려야
어울릴 수가 없는 향이라서, 나아가 답답한 인상마저 주는
향이라서 버림받을 수도 있겠다고.

이쯤 되면 나는 취향적으로나 체질적으로나 안정적인 것보
단 한정적인 것, 한결같은 것보단 물결 같은 것을 사랑하는
사람이라고, 어쩔 수 없이 인정하게 된다. 보편적인 집이 아
니라 캠핑카나 텐트, 예술가의 작업실 같은 사람이라서, 머
무는 사람에게 안정적인 바람막이나 쉼터가 되어 주지 못할
때가 종종 있는 사람. 무언가가 한두 가지 결여되어 있어 불
편함을 줄 수도 있는 사람.

앞으로도 나는 이렇게 살겠지. 부정하고 싶은 생각은 없다.
때로는 이기적이고 욕심이 많은 거라는 생각도 든다. 하고
싶은 것만 하고 살고 싶은 대로 살면서, 또 누군가가 찾아와

곁에서 오래 머물기를 바라고 있다니.

 하지만 때로는 꿈 정도는 꿔보는 거다. 한결같은 것보단 물결 같은 것을 좋아하여 가끔은 나와 어딘가로 훅 도망치는 일을 공모할 사람. 안정적인 것도 좋지만, 둘 사이에 놓인 시간이 너무도 한정적이라고 생각해서 어쩔 줄을 몰라하는 사람, 오늘이 마지막인 것만 같아서 한 번이라도 더 입 맞추려 하는 사람을.

 그게 아니더라도 뭐, 언젠가는 지금까지의 내가 변덕을 부려왔던 것처럼, 살아가는 방식에도 변덕을 부려 알게 모르게 나도 집처럼 안정적인 사람이 되어버릴지도 모르지. '처음부터 그러려고 그런 건 아닌데, 어쩌다 보니 결과가 잘 나왔습니다.' 식으로. 얼렁뚱땅 그렇게.

—

됐어요

사랑까진 됐어요.

나는 아침에 일어나서 잠들 때까지

연락과 서로의 생각을 놓지 않는 일이

되게 무의미하면서도 피곤한 일이라고 생각하게 된 사람.

외로운 건 늘 그렇고 지금도 그렇지만,

외로운 건 그냥 외로운 것.

내게는 소비할 마음이 없습니다.

당신에게 줄 만한 것이 바닥나 있습니다.

—

다정이 어렵다

앞서 말해두지만, 이것은 연애 이야기도 사랑 이야기도 아니다.

어제는 어떤 사람과 맨 처음 술을 마셨다. 여기서 맨 처음 술을 마셨다는 말은, 전에도 이곳저곳에서 스치기는 했었으나, 둘이서 술을 마신 것은 처음이었다는 말이다. 우리는 한쪽의 전시장에서 또는 랜선 상에서 아주 드문드문 인사를 나누거나 안부나 묻는 사이였기 때문에, 몇 번이나 건배를 하면서 정말 신기하군요, 우리가 술을 마시고 있다니, 그런 말을 또 몇 번이나 했다.

이번 주엔 업무적으로나 개인적으로나 술을 마셔야 할 날이 앞으로도 많아 조금은 무거운 마음이었지만, 어느샌가 분위기도 기분도 괜찮아져서 우리는 각자의 주량보다 꽤 많이 마셨다. 시간은 새벽 한 시. 막차 시간은 진즉에 지나버린 시간에 우리는 가게 밖으로 나섰다. 다행인 건지 모르겠지만, 날이 포근하여 어딜 가도 괜찮을 것 같은, 아니 솔직히는 어디라도 더 가고 싶은 기분이었다. 편의점에 갈까요. 내가 권했고 그 사람은 좋다며 저 멀리 보이는 편의점을 향해 앞장섰다. 사이다와 매운맛이 나는 핫바를 나눠 먹으며 우리는 실없는 대화를 했다. 키가 작네요. 작가님이 큰 것 아닐까요. 머리카락이 빽빽하군요. 제 자랑거리 중 하나랍니다. 비틀거리고 있네요. 제가 좀 취했나 봐요 미안합니다. 뭐 그런 대화들.

 그럼 우리 산책을 해볼까요. 이번에는 그 사람이 선뜻 권했고 나는 좋다며 무작정 도로를 따라 걸었다. 그러다 뒤를 돌아보니 그 사람이 비틀거리며 나를 따라오고 있었는데, 나는 그 모습이 보기에 조금 위태로운 것 같아서 코트 소매의 옷감을, 그러니까 그 사람의 몸이 아닌 그냥 옷만을 꼬집듯이 잡아 그를 부축해주었다. 우리는 비틀거리다가 옷가지를 잡아 주다가 하며 계속 걸었다. 저 앞에서는 술에 취했는지 원래 그런 사람인 건지 모를 할머니가 지나가는 사람 모두에게 욕을 하고 있었다. 우리가 지나갈 때도 뭔발년 뭔발년 거리기에, 나는 그 사람의 주의를 끌며 조금 전보다 큰 목소리로 말을 걸어보려 애썼다.

 둘만의 산책은 오래가지 못했다. 제가 조금 힘이 든 것 같아요. 그럼 집에 가야죠, 제가 택시를 잡아드릴게요. 나는 그 사람이 전봇대 같은 곳에 기대어 있는 동안 택시를 잡으려 애썼다. 서너 대가 빈 차 불을 켜놓았으면서 우리를 지나쳐 사라지고 나서야 드디어 택시 한 대를 잡을 수 있었다. 그 사람을 좌석에 앉히고 안전벨트를 채워 주고, 택시 기사에게 값을 미리 치렀다. 택시는 앞의 것들이 그랬듯 저 멀리로 사라졌다. 나는 계속 산책을 했다. 새벽 세 시쯤이었다.
 비가 올 것 같아. 어쩐지 그런 예감이 들어서 나도 택시를 잡아탔다. 조금 더 있으면 요금 할증이 풀릴 것이었지만, 그거 조금 아끼다가 비를 맞기도, 집에 가서 잠을 덜 자는 것도 싫었다. 나는 집에 도착해서 목욕을 하고 잠을 잤다.

 지금은 오후 열두 시 반, 밖에는 비가 내리고 있다. 그리고 어제 술을 나눠 마신 우리 두 사람은 연락을 하고 있지 않다. 그럼 이따가는 연락을 할 것이냐고 묻는다면 글쎄, 잘 모르겠다고 생각한다. 어릴 때에야 술 한번 같이 마시는 게 뭔가 거대한 이벤트라고 생각했지만, 이제는 술을 나눠 마셔도,

산책을 해도, 그리고 아주 가끔 입술이 스쳐도 다음 날이면 아무 일도 없었다는 듯 살아갈 수도 있다는 것을 안다. 너무 염세적인 사람이 되었나 싶기도 하지만, 큰 기대와 그만큼이나 큰 실망의 굴레에서 고통스러워하기에는 나도 적당히 나이를 먹어버린 거다. 물론 처음 만난 누군가, 사랑하지 않는 (아직 사랑까진 아닌) 누군가와 아무렇지도 않게 몸을 섞는 일은 내게는 절대 허용되지 않는 일이다. 다른 건 그렇다 쳐도 사랑이 없는 섹스는 내게 일어나선 안 될 일이고, 만에 하나 그걸 저질러버렸다면, 이십 대 초반에 시시콜콜한 사건에 그러했듯, 거대한 이벤트라도 겪은 것처럼 호들갑을 떨며 발을 동동 굴렀을 것이다.

조금은 오래돼버린 원두로 커피를 내려 마시며 창밖을 구경했다. 우산을 쓰고 다니는 사람들. 우산이 없이 후드를 뒤집어쓰고 자전거를 타고 다니는 사람. 누군가 버려놓은 것들을 정리하고 계시는 아파트의 관리인 분들.

문득 내가 꽤 다정해졌다는 생각이 들어 흠칫 놀랐다. 어제의 그 사람은 사실 앞서 말한 것처럼 '맨 처음 같이 술을 마신 사람'이었을 뿐인데, 사랑했던 사람도 사랑하는 사람도 사랑까진 아닌 사람도 아닌 그냥 사람인데 나는 왜 그렇게도 그 사람에게 다정하였나. 왜 부추는 먹나요, 두부는 좋은가요, 일일이 물어가며 전골을 퍼 주었을까. 알아서 좀 잘 걸으라 며 말할 수도 있었을 것을 소매를 잡아주고 혹여 어디에라도 다칠까 머리를 감싸 주었을까. 지금은 서로가 서로에게 연락 도 없고 연락이 없다고 해서 서운하지도 않은 사람에게 말이 다. 나는 원래 다정이 가장 어려운 사람인데.

길을 다니다 고양이와 강아지의 뒷모습에 녹아내리다가도 그들이 고개를 돌려 나를 올려다보면, 그 눈빛에 나는 왠지 모르게 미안하고 서글픈 마음이 들어 그들을 쓰다듬어 주지 못했다. 꽤 자주 가족들 생각에 슬퍼하면서 정작 그들 앞에 선 아무런 표정을 짓지도 아무런 말을 건네지도 못했다. 적 당한 거리에 서 있는 사람들에게는 대충 살랑살랑 웃으면서 도 그들이 어느 정도 이상으로 가까이 다가오면 크게 당황하 여 어떤 표정을 지어야 할지를 몰랐다. 프로그래밍되지 않은 변수 때문에 오작동을 일으키는 기계처럼, 나는 다정의 방법 을 몰라 실수했고, 난처해했고, 자주 사람을 떠나보냈다.

어쩌면 아무런 관계도 아니었기 때문에 나는 그 사람에게 다정할 수 있었나. 그런 생각을 하니 맥이 빠졌다. 어느새 비는 그쳐서 누구는 우산을 안 들고 다니고, 누구는 우산을 접어서 달랑달랑 흔들며 다녔다. 어떤 사람은 아직도 비가 그친 줄을 모르고 여전히 우산을 쓰고 걸었다. 어제의 그 사람과 아주 혹시라도 다시 술을 마시게 된다면, 그래서 그 사람이 느끼기에 내가 조금 더 친근해졌다면, 나는 아마 어제처럼 그 사람에게 다정하지 못할지도 모른다. 그런 생각을 하니 우리가 이렇게 아무런 연락도 없이, 궤도가 다른 각각의 소행성들처럼 서서히 멀어지고 있는 게, 오히려 다행이라고까지 여겨진다.

나는 여전히, 다정이 가장 어렵다.
다시 말하건대 이것은, 나와 그 사람의 이야기가 그저 이렇게 마무리됨으로써 연애 이야기도 사랑 이야기도 아니다. 그렇게 될 것이다.

–

좀 그래요

　요즘 드라마나 영화를 보면, 또 주변 사람들의 이야기들을 들어보면 연애는 참 쉽기도 하다. 나는 몇 년 전까지만 해도 두 사람이 몸을 섞는 것은 연애 관계가 꽤 많이 자리를 잡았을 때가 돼서야 이뤄지는 것인 줄로만 알았다. 하지만 서른쯤이 돼서야 알게 됐다. 세상에는 내가 생각하는 것보다도 훨씬 더 가볍게 관계를 맺는 사람이 많다는 걸. 마음에 들지 않는 어느 부류의 사람들은 지난밤에 자신이 어떤 사람과 함께 밤을 보냈다고 자랑이라도 하듯 말하기도 했고, 꼭 그렇게 저렴하게 굴지 않더라도 사람들에게 몸은 내가 알던 것만큼 까다롭고 '많이 대수로운' 게 아니었다. 물론 나는 지금 몸을 쉽게 섞는 일이 좋지 않다고 말하려는 게 아니다. 그저, 그런 일들은 내 세계와 먼 곳의 이야기들인 것 같다는 이야기를 하고 싶었다.

　나는 아직 귀여운 연애가 좋다. 서른이지만 그렇다(누가 그러던데, 사람의 진정한 귀여움은 서른부터 나오는 거라고).
아니, 귀엽다는 표현이 적당하려나? 어쨌든 나는 그렇다. 시
간을 두고 천천히 서로를 알아가는 만남이, 그러다가 자연스
레, 서로가 서로에게 괜찮을 때 손을 잡고 입을 맞추는 만남
이 좋다. TV를 볼 때도 그랬다. 평소에 나는 아주 무표정하
게 거리를 걷고 말수도 적은 편이지만, 그래서 로봇 같다는
소리를 자주 듣지만, 달달한 드라마나 예능을 볼 땐 나도 모
르게 그런 태도들이 무너진다. 뭐에 당첨되기라도 한 사람처
럼 아주 녹아내릴 듯 웃게 된다. 그건 지하철에서 핸드폰을
통해 볼 때도 마찬가지라서, 종종 건너편에 앉은 사람으로부
터 오해를 사진 않을까 걱정하기도 한다.

 어쩌면 불안해서 그러는 것도 있겠다고 생각한다. 쉽게 사
람을 만나고 또 쉽게 사람을 안을 수 있는 관계가 말이다. 사
람은 물리적으로든 정신적으로든 한 번 상처를 입은 부위에
어쩔 수 없이 다른 곳보다 더 민감해지는 법이다. 어금니가
부러졌을 때가 그랬고 발톱이 빠졌을 때가 그랬다. 평소보다
도 훨씬 더 조심하게 되고, 뭐 하나라도 가까워지면 흠칫 놀
라 움츠러들곤 했다. 몇 년 전, 나는 모든 걸 믿었기 때문에
나의 모든 걸 줄 수 있었던 사람으로부터 아주 커다란 상처

를 입었다. 몇 달을 마치 모든 걸 빼앗긴 것처럼 지냈다. 길을 걷다가 누가 길을 물어도 도망쳐야만 했고, 아주 순수한 호의를 베푼 사람에게도 내게 이런 짓을 하는 속뜻이 뭐냐고 묻기도 했다. 아마 그때쯤부터 나도 좀 더 확실한 사랑, 가볍기보단 묵직하고 내게 안정감을 주는 사랑을 바라게 된 것 같다.

그러다 그해의 봄이 왔다. 나는 작은 가게 하나를 운영하고 있었는데, 그때 찾아온 손님이 아주 오랜만에 내 시선과 마음의 문을 두드렸다. 나는 바깥에 누가 왔나 싶어 자꾸 눈을 뜨고 내다보고만 싶었다. 매일 그 사람이 보고 싶었다.

엄밀히 말하자면, 마냥 초면인 사람은 아니었다. 더 오래전에 어느 행사에서 마주친 적이 있는 사람이었다. 웰컴 드링크로 받아든 맥주를 마시면서, 자신이 하는 일과 관심사들에 대해 그저 몇 마디쯤 주고받은 적이 있었다. 그 사람은 그 얼굴이 거의 다 잊힐 때쯤 내 앞에 다가왔다. 그저 '호기심 때문'이라고 했다.

약간의 안면이라도 있었던 사람과의 접촉이 필요 이상으로 반가웠던 건지, 나는 속수무책으로 그 사람에게 빠져들었다.

절대 그러는 편이 아니었는데 어디 가자고, 어디 가서 그거 같이 먹어보자고 메시지를 보내고 있었다. 나는 '그러다 결국 올해의 봄이 온 거구나.', 그렇게 생각했다.

"연애는 좀 그래요."

새벽 네 시쯤의 술집에서 들은 말이었다. 그날 우리는 낮부터 여의도에서 벚꽃을 구경했고 수많은 가게를 옮겨 다니며 물건을 사고, 뭔가를 먹고 마셨다. 그러다 헤어지기가 아쉬워서 들른 술집에서 나는 나도 모르게 말해버린 것이다. 우리 한번 만나보는 게 어떻겠냐고. 그런데 돌아온 대답이 저거였던 거다. 연애는 좀 그래요, 연애는 좀 그래요...

'연애는 좀 그래요.'라는 말의 정확한 의미가 뭘까, 곰곰이 생각을 하고 있는 내게 그 사람은 한 마디를 덧붙였다. 만나서 자는 관계는 좋아요. 그러고 싶어요. 술을 많이 마셔서였는지 제대로는 기억할 수는 없지만, 그때 나는 정말 알 수 없는 표정을 지었던 것 같다. 이게 무슨 말인가, 하는 표정. 물론 내게도 성욕이라는 것이, 어쩌면 많이 있었지만, 맹세컨대 내가 원했던 건 보통의 연애였다. 다시 무너진 마음을 일으켜서 누군가와 좋은 방향으로 함께 걸어가는 일이었다. 인스턴트식품을 먹듯 간편한 관계를 맺는 일은 절대 아니었다는 말이다. 그날 밤엔 당연히 아무 일도 일어나지 않았고, 대신 나는 아침 해가 뜰 때까지 오래, 오래 걷다가 집에 들어갔다. 이후로 그 사람과 연락을 주고받을 일은 없었다.

그 뒤로도 본인의 입으로 '인스턴트 식품 같은 만남'이라는 말을 쓰며 다가온 사람, 일로 만난 사이였는데 사실 속마음은 그렇지 않았던 사람들이 몇몇 스쳐 지나가기도 했던 것 같다.

아주 가끔, 누군가는 그렇게 말하기도 한다. 가벼운 마음으로 다가온 사람은 마찬가지로 가볍게 안아 주면 되는 거 아니냐고. 하지만 내가 원하는 만남은 그런 것들이 아니다. 나는 그런 시간이 지나간 후에 찾아오는 상실감과 허무함 같은 것들을 알고 있다.

품고 있는 것이 사랑은 절대 아니면서도, 계속 누군가를 안으려고 하는 사람들은 어쩐지 애달파 보인다. 나 또는 내가 주는 사랑이 아니라, 누구여도, 누구의 것이어도 좋으니 사랑과 식욕 사이 어디쯤의 비워진 곳을 그것들로 채우고 싶어 하는 속마음이 느껴진다.

그런 사람들을 볼 때마다 나는 안타까움을 느낀다. 마음 놓고 안아 줄 수도 없고, 안아 줘서 도구가 되어버리는 느낌을 받는 것도 싫다. 하면 안 되는 일이라고 생각한다. 누구의 것이어도 상관없는 몸의 조각으로, 그 몸의 온기로 아주 잠시나마 결핍이 메워진 느낌을 얻을 수는 있다. 하지만 이내 그 '누구여도 상관없는 사람'이 떠나가고 나면, 분명 결핍은 소화를 끝내고 새로운 걸 달라고 날뛸 것이다. 적어도 나는 그렇게 생각한다. 또, 꼭 내가 아니어도 좋은 사람에게 내 애정의 일부를 나눠 주는 것도 하기 싫다.

나는 사람에게도 각각의 취급 방법 비슷한 게 있는 거라고 생각한다. 한낱 전기밥솥도 출력이 다르고 용량도, 내구성도 다른데 하물며 사람이라고 오죽할까. 이 회사의 밥솥을 다루는 방식으로 다른 회사의 밥솥을 다루면, 어쩌면 딱딱하게 굳어버린 밥이 나올 수도, 반대로 아주 죽이 돼버린 밥이 나올 수도 있는 일이다. 내가 나름의 진심 위에 가벼운 색의 포장지를 대충 덮어 던져버리듯 건넨다면, 그걸 받아든 누군가는 마음이 묽어 터져서 진심을 진심으로 보지 않을 수도 있다는 말이다.

'꼭 그래야 한다'는 건 아니지만, 그래도 나는 사람에 따라 다른 온도와 세기로 행동하는 사람이 여전히 좋다. 이런 식으로 접근하면 좀 놀라지 않을까, 이렇게 말해야 더 좋아할까, 그렇게 충분한 시간을 들여 만든 말과 마음은 어떻게든 티가 나게 돼 있다. 나는 그렇게 느리지만 편안히, 또 확실히 진심을 주고받는 연애가 좋다.

작품활동을 하다 보면 SNS를 통해서건 메일을 통해서건 독자님들로부터 종종 편지를 받게 된다. 며칠 전에 받은 편지에는 자신의 외로움에 대한 말들이 적혀 있었다. 자주 외로웠다고. 어떤 사람을 만나도 이 가슴 한구석의 외로움이 사라지는 건 아니라서, 많은 시행착오를 겪으며 스쳐 간 인연들의 마음을 아프게 했던 적도 있었던 것 같다고. 하지만 지금은 그냥 이 외로움도 나의 일부려니 하고, 정말 인생의 동반자처럼 아껴주고 사랑해주며 함께 잘 지내고 있는 중이라고. 나는 이 말들을 읽으며, 못해도 다섯 번은 고개를 끄덕여 가며 공감했고 또 마음을 다잡을 수 있었다.

몸이나 마음의 어느 한구석이 가려워서, 아주 잠깐 누가 그걸 긁어 줬으면 해서 누군가를 불러 세우는 일은 앞으로도 없을 것이다. 차라리 조금 가렵더라도 그게 타인을 귀찮게 만들거나 괴롭게 만드는 일보다는 낫다고 여기며 살고 싶다. 그러다 나와 닮은 사람, 나처럼 손이 닿지 않는 어딘가가 가려운 사람, 그리고 잠깐 누군가와 스치기보단 오랫동안 수다나 떨면서 계속 걷고 싶어 하는 사람이 나타나면, 그제야 나는 마음껏 그의 손을 잡고 볼도 비벼가며 지내고 싶다. 그렇게 '귀엽게' 연애하고 싶다.

–

2019.10.16.

오늘도 나는 작업실에서 눈을 떴다. 작업실 생활도 벌써 사흘째다. 이번 주 월요일부터 일요일까지 작업실에서 내 개인 전시회가 열리고 있기 때문이다. 작업실에서 어떻게 밥을 해결하고 잠을 자고 단장을 할까, 솔직히 막막하기도 했지만, 여차여차 잘 버텨가고는 있는 거라고 생각하고 있다. 하지만 화장실만 있을 뿐, 샤워를 할 수 있는 환경은 마련되어 있지 않았기 때문에 나는 그저께도, 또 어제와 오늘도 일어나자마자 동네 목욕탕에 갔다.

정말 오랜만에 가보는 목욕탕이었다. 아주 어릴 때 몇 달에 한 번씩 아버지와 함께 갔던 기억, 스무 살을 갓 넘겼을 때는 친구들과 밤을 새워가며 놀기 위해 갔던 기억을 제외하면 거의 가보지 않았다고 봐도 되지 않을까.

망원동 작업실 주변에는 오래된 목욕탕이 두 곳 있다. 한 곳은 화요일에 영업을 쉬고 다른 한 곳은 수요일이 휴일이다.

오늘 나는 화요일에 휴무였던 낡은 목욕탕에 가서 목욕을 했다. 그곳은 옛날 방식 그대로여서 카드 결제도 안 되고 천장도 다 주저앉아 있었다. 목욕을 하러 온 사람은 나뿐이었고 수도꼭지는 수온 조절장치가 없는, 그저 '물을 내보내고 잠그는 기능만을 지닌' 것이었다. 욕탕 벽에는 옛날 글씨체로 쓰인 숙취해소제와 목욕탕 이용법 포스터가, 탈의실 티브이에서는 95년도 드라마인 젊은이의 양지가 방송되고 있었다. 나는 목욕탕 건물에 들어서는 순간 어떤 신비한 힘에 이끌려 90년대로 타임리프 같은 걸 한 게 아닐까 하고, 헛된 상상을 해보기도 했다.

목욕을 하고 나오면 왜인지는 몰라도 세상이 예뻐 보인다. 요 며칠 내내 그랬다. 들어가기 전과 나온 뒤의 기온이 크게 달라지는 것도, 또 목욕물 안에 기분을 좋게 해 주는 성분이 들어 있는 것도 아닐 텐데 괜히 그랬다. 나는 괜히 역 하나 거리를 걸어서, 굳이 망원역 주변에서 밥을 먹고 싶어졌다.

망원역으로 가는 길에는 월드컵 시장과 망원시장이 있다. 낮에 이 시장을 구경하는 일은 내게 어느새 소소한 즐거움이 됐다. 부지런한 사람들, 동네 주민으로 보이는 장 보는 사람들, 고로케나 녹두전을 사 먹는 외국인 관광객들. 물건 파는 소리. 저쪽 가게에선 새우가 30마리에 만 원밖에 안 한단다. 나는 조금 아까 90년대로 빨려 들어갔다가 여전히 빠져나오지 못해서, 그래서 물건값이 저렇게 싼 걸까 하고, 말도 안 되는 생각을 다시 했다.

망원역 주변에서 내가 좋아하는 면 요리를 양껏 먹고, 배를 두드리며 마포구청역 쪽으로 걸었다. 오랜만에 남이 타 준 커피를 마시고 싶어져서 눈에 보이는 카페에 주저 없이 들어갔다. 아이덴티티 커피랩이라는 작은 카페였는데, 기대도 하지 않고 주문한 커피가 정말 맛있어서 깜짝 놀랐다. 산미가 적당히 있는 커피를 참 좋아하는데 여기 커피가 딱 그랬다.

오후 두 시, 모든 커튼을 거두고 창문을 열어둔 지금, 작업실은 조명을 켜지 않아도 환하고 따뜻한 느낌이다. 사람 기분이라는 건 참 알다가도 모르는 거라는 생각을 한다. 며칠 전까지는 아주 오래도록 깨어나지 않는 잠에 빠지고만 싶을 정도로 우울했다. 그런데 며칠 만에 이렇게 세상의 모든 것이 아름답고 귀엽게 보이다니. 어쩌면 사람의 마음을 다루는 직업을 지닌 사람이면서, 어째서 이리도 가벼운 영혼까지 지

녀버린 걸까. 아니면 직업이 뭐가 됐든, 어떤 관계 안에서 지내고 있고 어떤 환경에서 자라왔든 그 무엇과도 상관없이 사람의 마음이라는 건 애초에 약하게 만들어지는 걸까?

추워진 계절을 맞아 눈 깜빡할 사이에 어두워지고 있는 창밖을 보며, 나는 그렇게 천천히 생각했다.

몇십 년 전, 또 몇천 년 전에 살던 사람들도 그런 말을 했겠지만, 요즘은 참 '살기 힘들다.' 채워지는 것이 있으면 어디에 있었는지 모를 결핍들이 불쑥 얼굴을 내민다. 먹고 싶은 건 많은데 그만큼 살도 많아지고 반대로 돈은 바닥을 드러낸다. 사랑은 다가왔다가 떠나가고 누군가는 너무도 꽃다운 나이에 우리 곁을 떠나기도 한다. 무례한 사람들은 어디에나 숨어 있고 밝은 곳에는 이 세상에 무례한 사람이라곤 한 명이라도 없다는 듯이, 완전무결해 보이는 사람들만 보인다. 그럴수록 우리는 점점 사람을 못 믿고, 그래서 외로워지고, 작은 바람에도 흔들리거나 꺾이게 된다.

어떻게 해야 할까, 이제는 완벽하게 어두워진 창가에 앉아, 나는 계속 생각한다. 이 세상의 결핍들, 무례한 사람들은 지나가면 다시 돌아오지 않는, 그저 한 방향으로 불 뿐인 바람이라고 생각한다. 나를 그리워하지도 사랑하지도 않는, 그래서 한번 불고 간 뒤엔 다시 돌아오지 않는 사악한 바람들. 그리고 우리는 그 앞에서 얇지만 질기게 뿌리를 박고 버텨내고 있는, 작은 식물들이다. 우리는 우리가, 서로가 서로를 너무도 소중하게 여기는 우리가 뽑혀 나가지 않도록 쓸데없는 바람들에 맞서 싸워 줘야 한다. 사랑하는 사람들이 날아가지 않도록, 손들을 엮어 꼭 잡아 줘야 한다. 바람이 불고 또 다른 바람이 불고 나면, 그러다 햇볕이 예쁜 멋진 하루도 언젠간 나타날 거라는 작은 희망 하나를 갖고 서로를 핥아 주고 응원해 줘야 한다.

거리를 걷다가 별안간 턱턱 걸리거나 신경 쓰이는 아픈 이름들이 있다면, 주저하지 말고 메시지를 보내거나 전화를 걸어야겠다, 그렇게 다짐했다. 할 수 있다면 그 아이가 있는 곳으로 달려가 깜짝 놀래켜 줄까. 그러면 더, 더 좋겠다고도. 어쩌면 누구야, 보고 싶다, 메시지를 적는 몇 번의 손가락질이, 몇 음절의 발음이 누군가에겐 구원이 되고 삶의 연료가 되어 줄지도 모르는 일이니까.

누구보다도 솔직했고 또 누구보다도 자신으로 살았고, 누구보다도 자신이 지닌 세계의 주인이었던 한 사람에게, 손을 엮어 잡아 주듯 이 글을 바친다. 부디 거기서도 계속 웃으시라.

행복하시라.

—

당신만의 당당함

사람은 가끔 남에게 너무도 쉽게 상처를 주곤 한답니다.
쿨함이나 당당함이라는 가면 뒤에 숨어 남에게 상처를 주기
도 하지요.
내가 좀 시원시원하게 말하는 편이라서,
거침이 없는 편이라,
내가 좀 당당한 편이라서 그래,
뭐 그런 걸로 그래?
도리어 상처받은 사람에게 속이 좁다며 핀잔을 주기도 하더
라고요.

예의가 없는 것과 당당한 것은 다른 거예요. 세상에는 그 둘
사이의 거리를 헤아릴 수 없을 정도로 무신경한 사람이 은근
히 많은 것 같습니다. 그런 사람들만큼이나, 아니, 어쩌면 그
보다도 많은 사람은 물렁물렁하고 여린 마음가짐을 지니고
있는 건지도 모르는데 말이에요.

–

짝사랑

너는 길고양이, 떠 있는 달, 그리고 술과 담배.
뒷모습만을 보여줘도
가까이 가봤자 다시 멀어져도
내게 좋은 것을 준 적이 없어도
나는.

—

사랑인 줄 알아요

누구 씨 누구 씨 성 떼고 이름 불러 주면
내 말 들을 때 눈을 보고 고개를 끄덕이면
그러면 정말 사랑인 줄 알아요 나는
한 번 보고 말 사람들 세상 모든 사람들에게도
똑같이 그러는 거라도 매일 베푸는 친절일지라도요

—

사람을 좋아하는 일

나는 자주 짝사랑에 빠진다고, 그걸 자랑처럼 말하고 다니던 때가 있었다. 그런데 요즘은 그게 어쩐지 조금은 초라하게 느껴져서, 나는 짝사랑이라는 말보단 '사람을 좋아하는 일'을 자주 한다고, 그렇게 말하고 다닌다.

언제부터였는지는 잘 모르겠다. 그냥 어느 순간부터 자주 혼자 사람을 좋아했고 또 혼자 포기하고 있었다. 조금은 내성적인 편이긴 하지만, 좋아하는 마음 하나 표현 못 할 정도로 내성적인 것도 아니고, 어릴 때 어떠한 커다란 사건 같은 것을 겪은 것도 아니었는데 도대체 왜 이러는 걸까. 계기도, 원인도 모르지만, 나는 그런 나만의 감정 체질이 마냥 싫지만은 않았다. 배고플 때의 패스트푸드나 분식처럼, 꽤 간단하고 합리적인 사랑법이라고 생각했다.

물론 나도 짝사랑만 해가며 사는 것은 아니었다. 몇 번의 연애가 있었고, 그중 또 몇 번은 내 나름대로 생각하기엔 제법 별의별 꼴을 다 보고 보여 줬던, 진짜 연애였다. 하지만 나는 그럴 때마다 철저히 을일 때가 많았다. 우두커니 남아 있는 쪽이었고, 따라가 붙잡는 쪽이었고 뭐라도 더 구해다 주려고 달리는 쪽이었다. 그러면서도 또 싸우는 것은 싫어해서, 무조건 상대방이 옳다고, 그가 원하는 것을 주지 못하는 것은 내 잘못이라고 여기기도 했다. 그러다 보니 점점 스스로를 소중하지 않은 사람인 것처럼 여기게 되기도 했던 것 같다.

사랑을 혼자 하면 그런 걱정을 할 필요가 없었다. 싸울 대상이 없으니 싸울 일이 없고, 바라던 것을 받지 못해 실망할 일도, 실망하게 해서 미안한 감정을 느낄 필요도 없는 거라고 생각했다. 나는 어릴 때부터 누군가에게 의지하는 일을 거의 병적으로 피해왔던 사람인데, 아무리 생각할수록 짝사랑이나 같은 사람에겐 안성맞춤이라고 생각하게 된 거다.

소설을 쓰려고 준비해둔 상상력을, 자주 사람을 좋아하는 일에 소비했다. 좋아하는 사람의 하루를 감히 어림잡으며 그의 기분, 그의 취향들에 대한 이야기들을 지어내는 게 재밌었나 보다. 감동적이거나 웃겨서 웬만해선 거절하기 힘들 것 같은 고백 멘트들에 대해 고민한 적도 많다. 가령 네가 떡볶이보다 라면보다 좋아, 뭐 그런 말들. 지금 생각해보면 오히려 웬만해선 수락하기 힘들 것 같은 멘트가 아닐까 싶지만.

하지만 지금에 와서 생각해보면, 혼자 사람을 좋아하는 일은 어쨌든 혼자 하는 일이어서, 어쩔 수 없이 애처로워질 때가 많았던 것 같다. 영화 〈스파이더맨〉을 보면, 주인공인 피터 파커에게는 스파이더 센스라는 능력이 있다(가장 최근의 영화에서는 Peter tingle이라는 이름을 새로 붙여 줬다. 자막에선 피터 찌리릿이라고 나오던데). 어쨌든 이 능력은, 쉽게 말하면 예민한 감각 정도로 설명할 수 있겠다. 다가오는 위험요소를 다른 사람들보다 훨씬 먼저 감지해 움직일 수 있는 능력 정도?

나에게는 '휘명 찌리릿'이 있었다. 내가 좋아하는 사람에게 좋아하는 사람이 생겼다는 것, 그리고 그게 적어도 나는 아니라는 것을 엄청나게 빨리 알아채는 능력. 어쩌면 조금이라도 슬픔을 덜 느끼고 싶어서, 그게 아니면 흥, 사실 별로 안 좋아했어요, 그렇게 정신승리를 하려고 무의식적으로 갖게 된 능력일까?

또 가끔은 모든 이가 풀네임 그대로 저장된 핸드폰의 연락처에서, 내가 좋아하는 사람의 연락처에서만 멋대로 성 하나를 떼어보기도 했다. 성을 빼고 이름만 있는 것을 보면, 그리고 또 작게 한번 발음해보면 괜히 마음이 따뜻해지거나 간질거렸다. 좋아한다고 말도 못 한 주제에 괜히 애인 같았다. 그러다 그 사람이 내게 휘명 씨, 하고, 너무도 쉽게 성을 떼어서 부르기라도 하면, 나는 어떤 표정을 지을지 몰라 쩔쩔매버렸던 거다. 그 사람에게 성을 빼고 이름만 불러 주는 일은 밥 먹는 일만큼이나 쉬운 일이었을 텐데 말이다.

또 언제는 '나의 사과 씨. 호칭과 씨와 씨앗의 관계'라는 메모를 남긴 적도 있다. 사과 씨를 심으면 언젠가 사과를 갖게 되는 것처럼, 누군가를 누구 씨, 누구 씨 하고 부르다 보면, 언젠가는 그 누군가를 품게 될 수도 있지 않을까, 그랬으면 좋겠다. 그런 엉뚱한 상상과 욕망에서 나온 메모였다.

사실 이것들 말고도 혼자 사람을 좋아하는 일에서 오는 애처로움 모먼트는 참 많기도 많다. 하지만 더는 스스로를 비참하게 만드는 것은 그만두고 싶어, 여기까지만 해두기로 한다.

예전엔 짝사랑을 잘한다는 게 자랑 같은 것이었는데, 요즘은 좀 싫다.

"사랑이요? 효율적이지 않아서 별로예요. 차라리 가성비 좋고 신경 쓰일 일도 없는 짝사랑이 낫죠."

라고 말하는 샌님이 되는 것을, 이제는 원하지 않는다.

종종 언제까지고 혼자 산다면 나는 어떻게 될까, 그런 생각을 한다. 손가락 하나도 못 움직일 정도로 열이 펄펄 끓으면, 누가 나를 위해 약국에 다녀와 줄까? 문 바깥에 세워뒀던 자전거가 넘어지는 바람에 집 안에 갇히게 된다면? 그렇게 혼자 죽는 거야? 그런 생각들.

짝사랑은 충분하다. 나는 이제 가끔은, 다시 연애가 하고 싶어진다.

정릉으로

얼마 전에 우연히 '20년 전 컴퓨터 가격'이라는 게시물을 보곤 깜짝 놀랐다. 지금 보기엔 형편없는 사양의 컴퓨터가 무려 250만 원이었다. 이게 지금 돈으로 컴퓨터를 사기에도 넉넉한 돈인데, 그때 가격으로 250만 원이라니! 갑자기 20년 전의 물가가 궁금해져 찾아보니 치킨이 8,500원, 자장면이 2,500원이었단다. 지금 자장면이 싸도 5,000원이니까, 지금으로 치면 500만 원으로 컴퓨터를 사는 거였잖아? 나는 고개를 가로저었다. 그리고 동시에 과거의 내 부모에게 몹시도 미안한 마음이 들었다. 지금 생각해보면 참 부족한 형편이었는데, 해봤자 게임이나 할 거였으면서 그 비싼 컴퓨터를 사달라고 졸라댔다니. 좀처럼 바라는 걸 말하지 않았던 초등학생 아들이 뭔가를 사달라고 했으니, 아무래도 그들은 컴퓨터를 손을 덜덜 떨며 사 주셨던 거겠지.

문득 시간과 공간에 따라, 어느 한 개인에게 돈이라는 것은 가벼워지기도 무거워지기도 하는 거라는 생각이 들었다. 그때의 이백오십만 원과 지금의 이백오십만 원은 다르다. 또 왠지는 모르겠지만, 다 자라서 똑같은 돈을 벌 때도 종암동 쪽에만 가면 부자가 된 마음이 됐고 정릉 쪽에만 가면 마음이 가난해졌다. 아마도 그건 그 동네, 동네에서 언젠가의 우리 가족이 부자였던 적이 있었고, 또 가난했던 적도 있었기 때문이겠지.

*

오 년, 아니면 그보다 전쯤이었을까, 아무튼 한 번은 이십 년 전쯤의 장면들이 그리워져 혼자 정릉에 가 하루쯤 시간을 보내다 온 적이 있었다. 내가 가장 가난했을 때, 내 소년기를 보냈던 동네였다. 기억하기로는 그 짧은 여행을 떠났을 때가 아마도 이십 대 초중반쯤이었는데, 그때의 내게는 쉽게 무언가를 쓸 힘도, 그럴싸한 벌이도 없었다. 무엇보다도 내 글을 읽어 주는 사람이 아무도 없다고 생각해서, 모든 순간 가난한 감정을 느끼던 때였던 것 같다.

어쩌면 그때의 나는 너무나 가난한 마음속에 살고 있었기에, 내 맨 처음의 가난을 만나러 가고 싶었던 건지도 모르겠다. 얼굴도 모르는 부모를 찾으러 가는 누군가처럼, 가본 적도 없는 뿌리를 향해 헤엄치는 물고기들처럼.

하지만 이제 정릉은 내가 알던 가난한 동네가 아니었다. 내게는 익숙했던 가파른 경사로와 그를 따라 계단처럼 들어섰던 오래된 집들, 꼬질꼬질한 것들은 온데간데없이 아파트 단지와 새로 깔린 보도블록들이 동네를 뒤덮고 있었다. 서울 어디에나 있는 프렌차이즈 점포들이 몇 걸음마다 하나씩 보였다.

나는 어느새 그때의 나처럼 가난한 것들을 찾는 것을 멈추고, 여전히 남아 있는 옛것들을 찾기 위해 애쓰고 있었다. 그렇게 걷다 보니 다행히도 내가 알던 장소들을 몇 군데쯤은 다시 만날 수 있었다. 무엇을 빌었던 건지는 모르겠지만, 시도 때도 없이 어머니께서 찾아가 기도를 올렸던 언덕 위 성당, 그 뒤편의 다락방이 있던 집은 여전했다. 그 작은 집에서 나는 어머니와 아주 잠시 살았다. 아무리 보일러를 때도 따뜻해지지 않는 딱딱하고 차가운 집이었다. 그리고 나는 언덕을 내려가 정릉 3동의 집들을 찾았다. 내가 정릉 집들을 정릉 집들이라고 말하는 이유는, '들'이라는 말을 붙일 수밖에 없을 만큼 우리 가족이 그 동네의 곳곳을 전전했기 때문이다. 당시에는 우리 집은 왜 이렇게 다른 집보다 이사를 자주 다닐까, 생각만 했지만, 이제는 안다. 조금이라도 더 싼 월세를 찾아보려 전전했던 나의 부모가 뒤늦게 눈앞에 맺히고 있었다.

지금은 거의 사라진 정릉 3동 골목길은, 키우던 토끼가 도망치고 나서도 길을 잃을 정도로 꼬불꼬불했다. 그리고 가끔 산책을 나가신 어머니가 하염없이 바라보던 커다란 나무도 있었다. 옆집의 원석이 형은 머리가 노랬다. 열여덟 살이라고 했는데 학교에 가는 걸 본 적이 없었고, 자주 담배를 피우는 형, 누나들을 데리고 집으로 왔다. 나는 그들이 대문을 열고 들어올 때마다 커튼 뒤로 숨어서 숨소리를 숨기기에 바빴다. 원석이 형은 지금쯤 마흔을 넘겼을까, 어디서 뭘 하고 있을까, 아직도 본드를 들고 다닐까, 새로운 검은색 머리가 자라났을까, 그런 생각을 하다 보니 어느새 정릉에도 밤이 찾아오고 있었다.

밤에는 함께 초등학교에 다녔던, 그리고 가장 친한 친구였던 민우에게 연락을 했다. 혹시 아직도 정릉에 사나 싶어서였다. 아주 고맙게도 민우는 한달음에 달려 나와 줬고 우리는 소주를 한잔했다. 커다란 식당에서 요리사로 일하고 있는데, 마침 그날은 일찍 퇴근을 하는 날이라고 했다. 소주를 마신 나는 그의 집으로 갔다.

사진으로만 봤던 까미가 집을 나가고 이틀째 들어오지 않고 있다고 했다. 주인을 잃은 강아지 용품들이 널브러진 방에서 나는 오래 눈을 감고 있었다. 잠을 잤는지는 모르겠다. 그냥 내가 오래도록 눈을 감고 있구나, 그런 생각을 하다 보니 해가 떴고, 나는 조용히 옷을 갈아입고 민우의 집을 나섰다. 나는 정릉을 떠나 다시 내가 있던 곳으로 돌아갔다. 아니, 원래 정릉이 내가 있던 곳이었으니 옮겨간 곳으로 다시 떠나갔다고 해야 할까.

나는 다시 글을 썼다. 다시 몇 년이 지났다.

*

오늘은 특별한 날은 아니었지만, 이것저것에 보태라고 어머니께 백만 원을 보냈다. 요즘은 그때의 정릉이 떠오른다거나 하는 일은 없다. 그저 쓰고 버티고, 버텨낸 것들로 다시 쓰는 과정을 되풀이하다 보니 어느새 돈을 벌고 있었다. 그런데, 그토록 원하던 돈이었는데 왜 기쁘지가 않을까.

당시의 내 부모와 오늘 내 부모는 시간의 정직한 흐름 그 이상으로 뭔가를 더 겪어낸 기분이다. 그동안 아버지는 직장암을 앓았고 어머니는 뇌졸중을 앓았다. 두 분 다 완치 판정을 받았거나 고비는 넘겼다지만, 그 나날을 기점으로 두 사람의 일상은 크게 바뀌었다. 장거리 운전을 못 한다거나, 겨울을 나는 것이 다른 사람들보다 힘들어졌다거나 하는 그런 것들. 완치라는 말은 참 깔끔하고도 쉬운 이미지를 주지만, 병이라는 것은 그렇게 교묘한 방식으로 사람에게 흔적을 남긴다.

돈이 때에 따라 가벼워지기도 또 무거워지기도 하듯, 내 부모의 시간도 이제는 조금 묵직하게 흐르길 바란다. 그렇게 한스러웠던 가난에게 내가 조금 더 호쾌한 모습으로 복수하는 모습을, 나는 장편 드라마처럼 천천히 보여드리고 싶다.

–

장소를 잃었다

 한때는 서울을 살아가는 것이 점점 나의 공간을 넓혀가는 것이라 생각했다. 새로운 가게, 새로운 거리를 하나씩 알아갈 때마다 왠지 모르게 그곳이 내 것이라도 된 양 뿌듯했다. 인스타그램이나 잡지 같은 것을 보다 보면 보이는 멋진 사람들의 사회에 아주 조금이나마 끼어들게 되는 것만 같아서 좋았다. 그건 엄연히 따지자면 내가 서울 사람이 아닌 경기도 사람인 것에서 오는 약간의 자격지심 때문이기도 했고, 지금의 나는 멋지지 않다는 의기소침함 때문이기도 했다. 아무튼 나는 땅따먹기를 하듯, 조금씩 새로운 곳곳을 알아가는 것을 즐겼다. 서울살이를 '잘' 해나가고 있는 것 같았다.

 이제는 그렇게 생각하지 않는다. 오히려 반대가 아닐까 한다. 서울을 살아간다는 건, 내가 알고 있었고 갈 수 있었던 공간을 잃어가는 것이라고. 나이를 먹으면 먹을수록, 생명으로서의 수명을 다해가면 할수록 몸 곳곳의 기능이 망가지는

것처럼, 점점 갈 수 없는 곳이 많아지는 게 오히려 서울살이
가 아닐까 하고.

 자주 장소를 잃었다.
 도시정책과 유행의 흐름 때문에 번화했던 거리가 황폐해
져서, 옛날의 화려한 거리를 더는 눈으로 보지 못하게 되는
것도 이유였겠지만, 주로 장소를 잃게 되는 이유는 사랑이
었다. 일 때문에 6호선을 타야 할 때도 약수역을 지날 때만
큼은 억지로 눈을 질끈 감아야 했다. 그곳에서 만나고 헤어
졌던, 반갑다고 껴안고 아쉽게 손을 흔들었던 나와 누군가
의 모습이 계속 보여서 머리가 아팠다. 그리고 혹시라도 문
이 열렸을 때, 내가 타고 있던 열차에 그 사람이 몸을 실을까
봐, 그래서 이러지도 저러지도, 반가워하지도 눈물을 흘리지
도 못할까 봐 겁이 났다. 그저 눈을 감고, 멈췄던 열차가 빨
리 다시 움직여 주길, 우리의 잔상과 그 사람의 모습이 보이
지 않기를 바랄 수밖에 없었다. 안양을 걸을 때, 건국대 주변
이나 인사동, 대학로를 걸을 때도 나는 괜히 아무것도 없는
핸드폰을 내려다보며 '걷는 일만' 해야 했다. 어느 가게에서,
또 어느 간판 밑에서 나를 스쳐 간 사람들이 나를 보고 있을
지 모를 일이었다.

익숙했던, 그리고 이제는 더는 익숙해질 수 없을 거리에서
한 번은 정말로 헤어진 연인을 마주친 적도 있었다. 사람은
그렇게도 많았는데 어쩜 그 사람은 너무할 정도로 한 번에
내 눈에 띄었던 걸까. 그 사람은 내가 아닌 다른 사람의 손을
잡고 횡단보도 신호를 기다리고 있었다. 그리고 그 짧은 순
간, 그 사람 역시 내 눈을 보고 있었다. 잡고 있던 손을 슬그
머니 놓아버리는 것을 봤을 때, 나는 알 수 없는 통증을 느꼈
다. 손을 놓는 것은 나를 향한 미안함 때문이었을까, 아니면
혹시 남아 있었는지 모를 미련 때문이었을까. 그날 밤에 나
는 조금 많이 울었던 것 같다. 마침 한겨울이었다.

"왜 네가 피해야 하는데?"

 그런 말을 들을 때마다 딱히 할 말은 없었다. 나도 잘 모르
겠다고 생각했다. 잘못한 것도 없는데, 따져보면 내가 아닌
그 사람의 잘못으로, 또는 우리의 잘못으로 깨진 관계들이었
는데 왜 내가 숨고, 내가 두려움에 떨었던 걸까? 그냥 그랬
다. 내가 사라지고 내가 그쪽으로 안 가는 게 편했다.

 그래서였을까, 나는 나의 생활반경, 그러니까 내가 사는 집

주변이나 동네에 사랑하는 사람을 데려왔던 적이 거의 없다. 집 밖에만 나가도 사랑의 흔적들이 범벅돼 있다는 건 얼마나 괴로운 일일까.

언젠간 아예 서울을 떠나야 할 날이 올 수도 있겠구나.

그런 생각을 했다. 곳곳에 발을 내디딜 때마다 아픈 것들이 밟힌다면, 이 멋진 서울에서 버티는 것도 어쩌면 버거워질 수도 있겠구나. 그때는 아무런 흔적도 없는 도시로, 겨울 아침 맨 처음의 눈밭 같은 곳으로 가야겠다. 그런 생각들이었다.

서울, 서울

소설집의 제목을 〈서울 사람들〉이라고 지었을 만큼, 나는 서울이라는 도시를 사랑한다. 그냥, 이유는 모르겠다. 누군가가 내가 왜 좋아? 그렇게 물었을 때도 그 이유를 헤아려보다가 결국 아무 대답도 하지 못했던 나였다, 그만큼이나 멍청했던 나였다. 무언가를 좋아하는 이유를 명확히 알 수 있고 대답할 수 있다는 건, 일종의 커다란 재능이 아닐까?

매일 서울로 나가 일을 하고(망원동에 작은 작업실을 갖고 있다) 서울의 곳곳을 즐기고 다니지만, 엄연히 말하자면 나는 경기도 사람이다. 안산시에 사는 주제에 매일 한 시간 반을 달려 망원동으로 출근을 한다. 보름에 한 번쯤 모여 술을 마시는 동네 친구들은 가끔 내게 묻는다. 뭐하러 그렇게 먼 곳에서 일을 하니? 내가 너처럼 프리랜서 일을 한다면 매일매일 동네를 벗어나지 않을 텐데. 나는 그때마다 일부러 집에서 먼 곳까지 가야만 일이 훨씬 잘 된다고, 꽤 그럴듯한 핑계를 대곤 한다.

물론 내가 태어난 곳은 서울로, 초등학교를 졸업하기 직전까지 서울에 살았던 것도 사실이다. 그래서 누군가에게 출신지를 설명할 때면 애매해진다. 태어나고 어느 정도 자란 곳은 서울이지만, 내 사상과 몸이 완성된 곳은 경기도니까, 뭐라고 대답해야 할지, 그때도 나는 시간을 질질 끌었다. 뭐 하나 대충 쉽게 넘어갔던 때가 없었다.

내가 '진짜 서울 사람'이었을 때, 그러니까 아주 오래전의 서울을 추억해보자면, 글쎄, 뭐랄까 뭐든 위태로운 모습이었던 것 같다. 스크린도어가 없는 지하철역과 나보다 커다란 사람들이 오가는 거리, 가난한 집들이 모여 있던 골목에서의 이상한 외침들. 그런 것들부터 떠올랐다. 그도 그럴 게, 그때의 나는 혼자 어딘가로 놀러 간다거나 부모님과 행복한 나들이를 떠날 일도 없었던, 성북구의 가난한 초등학생일 뿐이었으니까. 어쨌든 그 알 수 없는 위태로움과 두려움들은 어른이 되고 나서도 얼마간은 지속됐다. 스무 살이 넘어서도 웬만하면 안산에서 먹고 마시고 사람을 만났다. 아주 가끔가다 서울에서 약속이라도 잡히는 날이면 나는 저녁마다 체하거나 돌아오는 밤마다 슬퍼지기 일쑤였다.

글을 쓰는 게 직업이 되면서부터 서울에 갈 일이 많아졌다. 견문을 넓혀야 했고(소설을 쓰기 위해 많은 것, 곳, 사람을 취재해야 했다) 미팅을 해야 했고 사람을 만나 사랑을 해야 했다. 마감 기간 땐 오랫동안 열어두는 찻집이 필요했고 답답해 미칠 것 같을 땐 마음껏 걸을 수 있는 넓고도 넓은 동네가 필요했다. 결국 내가 있어야 할 곳은 서울이었다.

 하지만 여전히 서울의 모든 부분을 알고 있는 것은 아니라고 생각한다. 나는 여전히 서울을 편식한다. 사람이 필요 이상으로 북적이는 곳, 나와는 어울리지 않게 너무도 번쩍이는 곳, 춤을 추며 놀 만한 곳, 십만 원이 넘는 식사를 해야 하는 곳을 나는 여전히 모르고 앞으로도 알게 될 일은 없을 것이다. 그저 나는 글을 쓰다 늦은 밤에 걷기 좋은 곳, 이를테면 낙산공원과 망원 한강 공원, 남산 주변과 윤동주문학관을 둘러싼 길 같은 곳들만 알고 있을 뿐이다. 청진옥과 하동관, 필동면옥 같은 오래된 식당과 홍대입구역 8번 출구 주변의 깻잎 떡볶이가 맛있는 포장마차, 그리고 망원동의 좁지만 아늑한 막걸리 가게 같은 곳들만 알고 있고, 또 좋아하고 있을 뿐이다. 부산에서 태어나 자라다가, 서울로 올라와 홀로살이를 하고 있는 친구는 종종 내게 말한다.

"야, 서울은 너무 전체적인 분위기가 흐린 것 같다. 삭막하다고 해야 하나. 사람들이 전부 다 힘들어 보인다. 길을 가다 부딪쳐서 서로 사과를 해야 할 때도 얼굴이 텅 비어 있는 것 같아."

나도 어느 정도는 동의한다. 멀리 볼 것도 없이 나조차도 종종 그런 표정을 지으니까. 마감에 시달리다 저 멀리의 거울에서 청색광 차단 안경을 쓰고 있는 내 실루엣을 발견했을 때, 아무도 없는 새벽 거리를 걷다가 문득 내 걸음걸이가 너무 초라하다고 느껴질 때, 나는 서울에 사는 사람들은 전부 이렇게 지쳐 있는 걸까, 그런 생각을 하곤 한다.

그래도 '전철 안에서 핸드폰만 쳐다보던 사람들도 한강 위를 지날 땐 모두 창밖을 본다'라는 말도 있듯, 서울의 곳곳은 여전히 내게, 그리고 내 주변 사람들에게 선물 같은 존재이기도 하다.

서울, 내가 언젠가의 책에 서울에 대해 썼던 말을 기억한다.

'서울살이가 조금이나마 덜 쓸쓸했으면 하는 마음에 서울을 발음한다. 서울이라고 씹어 발음해본다. 서운하고 설익은 감정이 많기도 했다고. 서서히 서글펐고 서늘했고 서투른 날도 있었고 서리 어린 날이었지만 그럼에도 서슴없을 수 있었던 나날들이었다고. 다만 그래서 우울했고 우울해서 울었던 날들이었다고. 서울, 서울.'

<당신이 돌아눕는 상상만으로도 서운해집니다>, 오휘명.
문학테라피.

언젠가의 과거에 썼던 것처럼, 여전히 내게 서울은 왠지 모르게 서늘한 느낌, 그리고 서러운 느낌으로 기억되고 있다. 인정한다. 하지만 그렇게 간직되고 있는 이유는 그만큼이나 사랑했던 사람들과 짙은 것들을 함께하고 나의 모든 걸 바쳤기 때문이라고 생각하고 싶다. 빛이 강하게 쬐는 날이면 그만큼 그림자도 분명하듯이 말이다. 그렇게 여기다 보면 서울은 서운하지만 그러면서도 별안간 소중하게 다가오기 시작한다. 잊고 잃기 싫어지는 곳이 된다.

서울, 새것과 오래된 것들이 뒤섞여서 반짝거리고, 또 구린 내를 풍기기도 하는 곳, 내가 웃기도 울기도 했던 곳. 오늘은 아주 오랜만에 망원동 작업실이 아닌 대학로 카페에서 글을 쓰고 있다. 이런 날이면 나는 같은 도시에 있을지라도 여행이라도 떠나온 듯한 느낌에 설레게 된다.

 밤이면 낙산공원에 가서 아주 오랫동안 걸어야겠다고 생각한다.

–

만나요

핸드폰을 꺼내 아무리 밤하늘을 찍어 봐도 그 밤의, 그 짙푸
름의, 그 달의 아름다움이 오롯이 사진에 담기지 않듯, 눈으
로 직접 보아야만 마음이 놓이고 행복해지는 사람이 있다.

—

엔딩

누군가가 모두에게 베푸는 호의와 모두에게 품는 호감이 내게만 유독 따뜻하게 다가오는 것 같을 때가 있다. 그런 착각이 들 때 나는 그 누구보다 서글퍼졌다. 그저 가벼운 호의였고 호감이었는데 나만큼은 사랑이라고 믿고 싶어질 때. 그래서 한없이 초라해질 때.

반대로 나는 이 사람이 죽을 만큼 좋아서 어쩔 줄을 모르겠는데, '서두르지 말아요. 괜찮아요.' 따위의 흔한 말밖에 못 건넬 때도 있다. 그런 말만 주고받을 수 있는 사이. 괜찮다는 말, 끼니는 챙기시라는 말이 내가 지금 건넬 수 있는 사랑 언어에서의 최상급일 때.

당신의 호의 때문에 내가 서글퍼지지 않았으면 좋겠다. 또 내 괜찮다는 말에 당신이 서글퍼졌으면 좋겠다.

서로가 착각하지 않거나 착각했으면, 뚜껑을 열어봤더니 두 사람 다 사랑이었네, 그런 엔딩이었으면 좋겠다.

—

길을 고를 권리

며칠 전에 전시 공간을 지키고 있을 때였다.

한 손님분이 조심스레 다가오더니, 자신을 위해 글을 하나 써 줄 수 있겠냐고 물어오셨다. 뭐로 써드릴까요, 원하시는 이야기가 있나요? 하고 물으니, 그분은 사실 자신에게 고민이 있다며 내 앞에 앉아 말씀을 이어갔다. 하고 싶은 일이 있는데, 주변의 어른들이나 친구들이 보기에 그 꿈은 너무 이상적이기만 하고, 뜬구름 잡는 소리가 아니냐며 만류를 한다는 거다. 그래서 자신에게 조언이나 응원의 글을 써 줄 수 있겠느냐고.

나는 그에 대해 꽤 오래 생각하면서 아주 오랜만에 내가 처음 글을 시작했을 때를 추억할 수 있었다. 평소에도 어떻게, 왜 글을 쓰는 작가가 됐냐는 질문을 자주 듣는 편이었기에 이것에 대해 꼭 한 번쯤은 긴 시간을 들여 생각해보고 싶었다.

누군가가 자기 삶의 방향을 선택하는 데에 있어 외부의 영향을 받는 것을 안타깝게 생각하는 편이다. 동네 주변이 허허벌판일 뿐이라 뭔가 조금 더 창의적인 일을 하고 싶은데도 어쩔 수 없이 농업을 선택한다거나, 아니면 아무런 자유의지도 없이 부모님의 가업을 물려받아야 한다거나 하는 그런. 하지만 그렇다고 그를 완전히 부정하는 것도 아니다. 사람이 주변 환경의 영향을 받고, 눈앞의 것을 자연스레 보고 배우는 것은 당연한 일이기 때문에. 나부터가 그랬다. 어쩔 수 없이 글자들 속에서 자라야만 하는 환경이었다. 어머니는 시인이자 동화작가, 아버지는 신문기자셨다. 자의 반 타의 반으로 초등학교에 다닐 무렵부터 글짓기 대회를 나갔고 성적도 꽤 나쁘지 않았던 것 같다.

 하지만, 사람들이 잘한다, 잘한다 해 줬지만, 내가 기억하기로 그때의 나는 행복하지 않았다. 무엇보다 재미가 없었다. 왜였을까, 이유는 아직도 모르겠다. 누가 시켜서 쓰는 글이라 그랬던 걸까. 아무튼 그 무렵 나는 중학교에 들어갔고, 그때부터 나는 잠시 글을 놓았다. 글을 쓰는 일은 음악을 하고 그림을 그리는 일, 운동을 하는 일보다 멋있다고 여겨지지 않았다. 나는 운동을 하는 대수가, 기타를 치는 희재가 역시 멋있는 것 같다고 생각했다. 그렇게 보통의 고등학생이 되고, 수학을 못했던 나는 자연스럽게 문과를 선택했다. 무난

하게 취업이 잘 된다는 이유로 제대로 알아보지도 않고 4년
제 대학교의 경영학과로 진학했다.

 그리고 1학년 1학기, 정확히 개강하고 3일 만에 나는 후회했
다. 하나도 머리에 들어오지 않았다. 모든 게 나랑 체질적으
로 맞지 않는 것 같았다. 자로 잰 듯한 숫자와 돈의 논리들.
딱딱한 용어들과 말랑말랑하게 녹아내리는 나는 섞이려야
섞일 수 없는 물질들 같았다.

 나는 이상하게 그 무렵부터 생각 같은 것들이 깊어져서, 캠
퍼스의 곳곳이나 새벽의 골목 같은 곳을 누가 시키지도 않았
는데 몇 시간씩 걷기 시작했다. 사춘기가 뒤늦게 온 게 아닐
까 걱정이 될 정도였다. 나는 그 이상한 마음의 가려움 같은
것들이 조금이나마 나아지길 바라며 다시 글을 쓰기 시작했
던 것 같다.

 아무리 전공이 나와는 맞지 않는다 해도 과에서 제적을 당
하거나 조별 과제를 망쳐 민폐를 끼칠 수는 없었기에, 기본
적인 학교생활은 해야 했다. 그리고 그때의 내게는 학비를
스스로 벌어야 한다는 다짐 같은 것도 있었다. 낮에는 학교
에서 수업을 듣고, 저녁에는 아르바이트를 했다. 그리고 아
주 늦은 밤이 돼서야 나는 잠을 줄여가며 글을 쓸 수 있었다.

그러면 몸은 조금 피곤했지만 알 수 없는 가려움은 조금 잦아들어서, 편하게 잘 수 있었다.

어쩌다 부모님이 내가 다시 글을 쓰고 있다는 걸 알게 되셨을 때를 기억한다. 초등학생이었던 내가 글을 쓰는 것을 그렇게도 예뻐해 주셨던 부모님은, 그때 처음으로 내게 글을 쓰지 말라고 말했다. 글 쓰는 직업은 배고프다는 이유에서였다.

하지만 나는 잠을 더 줄여가며 계속 글을 썼고, 그게 참 좋았다. 읽어 주는 사람이 한 명도 없어도 그냥 좋았다. 하나의, 각각의 작은 세계를 만들고 있다는 생각을 할 때마다 그저 짜릿했다. 물론 마냥 좋기만 했느냐 하면, 그것도 솔직히는 아니었겠지. 어쩔 수 없이 건강하지 못했고 어쩔 수 없이 가난했다. 앉아만 있느라 허리와 호흡기가 소리를 지를 때, 돈이 떨어져 라면만 쪼개 먹으며 끼니들을 챙길 때마다 '그거 배고픈 직업이다.'라고 말씀하시는 어머니의 목소리가 떠올랐다.

그렇게 정확히 5년을 가난하게 지냈다. 몇 번은 그만둘까도 싶었다. 엄마 말을 들을까도 싶었다. 그 시간 동안 나는 변변 찮은 성적과 스펙으로 대학을 졸업했고, 곳곳에서 아르바이트를 하긴 했지만, 그 벌이는 집안에 보탬이 되긴커녕 내 앞가림도 못 할 만큼 보잘것없었다. 글을 쓰는 일에서 오는 재미와 짜릿함은 껌 종이의 잔향처럼 흐릿하게 남아는 있었지만, 그것보단 참담한 현실과 자괴감에서 오는 부정적인 것들이 압도적으로 컸다. 글을 쓰다 알고 지내게 된 수많은 사람은 내 글에 엄지를 들어 주고 또 내가 글을 그만두는 것을 말렸지만, 그런다고 기분이 달라지는 것도 아니었다. 사람은 기억하기 싫은 몇몇 기억은 얼른 지워버리기도 한다는데, 그래서인지 그때의 기억은 그렇게 먼 과거의 일도 아니면서 사라지고 없다. 하나 분명한 것은 그때 얼마간 글을 잠시 놓았다는 것만 기억이 난다.

하지만 그렇게 글을 그만두고 나니, 이전과는 비교도 할 수 없을 정도로 커다란 자괴감이 몰려왔다. 글까지 놓아버리니 정말로 나라는 사람의 쓸모는 하나도 없었다. 은행 일 하나 제대로 보지 못하는 이십 대 중반이라니. 쓰레기 같았다.
또 무엇보다도 사는 게 재미가 없었다. 읽어 주는 사람 한 명 없어도 쓰는 행위 하나가 즐거웠던 때가 너무도 그리웠다. 그리고 언제부터였을까, 나는 다시 글을 쓰고 있었다.

만약 그때 글을 그만뒀다면 지금 나는 뭘 하고 있을까, 그런 생각을 하면 아무것도 떠오르는 게 없어 아득해진다.

지금은 글로 돈을 번다. 물론 건물을 세울 정도의 인세를 끌어모은다거나 전 국민이 아는 정도의 대작가가 된 것은 아니지만, 내 앞가림 정도는 넘치도록 하게 됐다고 생각한다. 책을 판 돈을 집안 살림에 보탰고 입고 싶은 것을 입고 먹고 싶은 것을 먹게 됐다. 회사에 다니는 친구들 만큼은 벌게 됐다는 생각을 하면 잔잔한 행복감이 느껴진다. 내가 작지만 분명한 뭔가를 이뤄냈다는 생각에서 나오는, 이토록 잔잔한 행복감.

물론 나이 서른은 작가들의 사회에서 아직도 갓난아기 취급을 받는 정도라는 것을 잘 안다. 앞으로도 수많은 시련이 있을 것이다. 여러 모양으로 나타나 나를 괴롭히겠지.

하지만 미리 겁먹지 않기로 한다. 그게 뭐가 됐든, 내가 겪어봐야 계속할지 그만둘지 결정할 수 있게 되는 것이라고 믿는다. 그렇게 믿고 싶다.

내게 고민을 털어놓으셨던 분께 써서 드렸던 글을 아래에

덧붙이며, 글의 마무리를 대신한다.

제가 처음 작가의 꿈을 꿨을 때가 스물한 살 때쯤이었어요.
아버지는 신문 기자셨고 어머니는 시인이자 동화작가셨죠.
너는 재능은 있지만, 그래도 너무 뜬구름 잡는 일 아니니?
그런 말을 들었던 것 같아요.
아무래도 얼마나 배고픈 직업인지 잘 아니까 하신 말이겠죠?

하지만 이별을 겪는 일도 그랬고
어른이 되는 일도, 운전을 하는 일
수영을 배우고 자전거를 타고 요리를 하는 일
어딘가를 다치고 이젠 안 다치는 법을 배우는 일
그 모든 것들은 결국 '내가 직접 겪어봐야 아는' 일들이었습니다.

꿈도 마찬가지 아닐까요?
걱정해주는 사람도 있고 우려도 불안도 불확실성도 있겠지만
일단은 그 누구도 아닌 내가 직접 겪고 판단해야 할 일이라고

생각합니다.

저는 스물한 살에서 서른 살이 됐습니다.

그리고 작가가 아니었던 적이 없습니다.

단 한 번도 이 일을 택한 것에 대해 후회한 적도 없습니다.

—

마음이 하는 소리에 집중하는 방법

자신을 갓난아기라고 생각하세요.

뭐가 옳고 옳지 못한지도 배우지 않은 아이처럼.

마치 돌잡이 하는 날 최초의 선택을 하려는 아이처럼.

그냥 일단은 골라보는 거예요.

그게 어른스럽고 도덕적인 결정이었는지는

그 다음에 생각하는 겁니다.

이상형

이상형이 어떻게 되냐는 말을 종종 듣는다. 또 이쪽에서 종종 건네기도 한다.

나는 그런 말을 들을 때마다, 잘 떠오르는 게 없어 늘 그럴듯하고 명쾌한 대답을 하지 못했다.

생각할 수 있는 범위 안에서 가장 완전하다고 여겨지는 사람의 유형. 이상형이라는 낱말의 사전적 의미라고 한다. 그러면 나는 생각이 없는 걸까? 사람에 대해서 너무도 바라는 게 없거나 반대로 너무도 완벽한 사람을 바라고 있는 걸까? 여전히 정확한 이유는 모른다.

아주 오랫동안, '나는 왜 이상형을 콕 집어 말하지 못할까' 하고 고민했다. 내가 그렇게나 연애에 있어서 가치관이 없는 사람이었던가? 뭐 그런 생각. 어떤 사람은 스스로를 그렇게 모르냐고 질타하기도 했고, 원하던 대답을 얻지 못해 답답해하기도 했다. 그건 나 역시도 마찬가지였다. 여러 타입의 사람을 흩뿌려놓고, 둘씩 짝을 이뤄 선택하게끔 하는, 재미 삼아 많이들 찾는 '이상형 월드컵' 같은 것에 대해서 생각해보기도 했다. 양자택일을 반복해서 가장 최후의 사람을 이상형으로 삼는 것은 어떻게 보면 꽤 효율적인 방법이기도 하겠지만, 그렇게까지 삭막하고 인간미 없는 방식으로 내가 좋아하는 사람을 정의하긴 또 싫었다. 그렇게 이상형이라는 것에 대해 스스로를 자책하는 단계에 접어들었을 때쯤, 나는 이 문제의 해답을 찾기 위해 지나간 옛 연인들, 내가 좋아'했던' 사람들의 모습과 색깔들을 떠올렸다.

어쩌면 그렇게도 겹치는 부분들이 없었을까? 가장 먼저 든 생각이었다. 어떤 사람은 다정했고 어떤 사람은 내가 아프거나 말라가도 자신의 일만을 했다. 누구는 알록달록한 옷만 골라 입었고 다른 누구는 무균실과도 같은 옷차림만 고집했다. 키가 머리 하나 넘게 차이가 나는 사람, 거의 눈높이가 비슷한 사람도 있었다. 그러니까, 결론은 나오지 않았다는 거다. 나는 오히려 이전보다도 훨씬 더 혼란스러워졌다.
'도대체 자판기처럼 이상형이 어떤지에 대해 뱉어낼 수 있는 사람들은 어떤 사람들일까?'

나는 그게 궁금했다. 그러면 그런 사람들은 이상형에 가까운 사람들만 만나는 걸까?

그랬던 내가 나름대로 도망치고 넘어져 가며 결국 얻어낸 결론은, '나는 좋아하기로 마음먹은 사람을 곧바로 이상형으로 여긴다'였다. 나도 싫어하는 나의 습관(다리를 떤다든지, 먹고 바로 눕는다든지)마저, 내가 좋아하기로 마음먹은 사람이 지녔다면 매력적으로 받아들이는 거다. 다리를 저렇게도 귀여운 템포로 떤다니, 그래, 그런 감탄까지 곁들여가며. 정말 그랬다. 일단 내 마음에 들인 사람이 하는 말과 행동이라면, 그게 이전의 내 호불호와 닿았든 그렇지 않았든 무조건 사랑스러웠다. 무쇠 콩깍지에 가까울 만큼 그것은 강하게, 또 오래 남아 나의 취향의 일부가 되곤 했다. 그 사람과 관련된 게 아닌, 그저 나를 둘러싼 일상적인 것들을 선택할 때도 그 사람의 면면과 닮아 있거나 그 사람이 좋아하는 것들을 자연스레 택하곤 했다. 그러다 보니 사랑이 떠나갈 때마다 남들보다 배로 힘들었던 거겠지. 나를 이루고 있는 꽤 많은 것들이, 내 옷차림과 입맛, 생활 패턴이 너무도 그 사람이었다. 그 사람의 것들이었다.

나와 같은 사람이 분명 어딘가엔 있을 거라 믿는다. 적지 않을 거라 생각한다. 지금 좋아하는 사람이 곧 지금의 이상형이 되는. 그래서 가끔은 출처 모를 오지랖에, 아파했거나 아파하는 사람들을 응원하고, 안아 주고 싶다고 생각하기도 했다.

나는 여전히 이상형이 어떻게 되는지 말하지 못하는 사람이다. 하지만, 이제 나는 그 대신 '상대방으로 내가 원하는 이상형'이 아닌 '내가 되길 바라는 이상적인 나'를 점점 또렷이 만들어가는 사람이기도 하다. 어떤 사람이 다가와 줬으면 좋겠는지는 중요하지 않지만, 그게 누가 됐든 그에게 보여 주고 싶은 모습은 분명해진다. 좋은 것만 보여 주고 좋은 것만 주고 싶은 욕심이 있다.

유머러스한 사람이고 싶다. 너무 가벼워 보이고 웃기는 사람으로만 여겨지긴 싫지만, 또 한편으론 너무 무미건조한 사람이기도 싫다. 나를 스쳐 간 몇몇 사람은 내게 너무 시시하다, 밋밋하다는 말을 직접적으로 건네기도 했다. 나는 그럴 때마다 겉으로 티는 안 냈지만 굉장히 낙담했다. 그런 날이면 집에 가는 길에 '최신 유행 유머' 같은, 되지도 않는 단어들을 검색하기도 했다. 상황과 분위기를 적당히 지킬 줄 아는, 유머러스한 사람이 되고 싶다.

또 속이 넓고 여유로운 사람이고도 싶다. 나는 한 번쯤 눈 감아 줄 수도 있는 것들, 대수롭지 않게 웃어넘길 수 있는 것들에 가끔씩 발끈하기도 했다. 그때마다 스스로가 속이 좁고 필요 이상으로 예민한 사람으로 여겨져서 참을 수 없었다. 내가 생각해도 내가 참 별로였다. 나이가 차면 사람이 온유 해지고 관록이라는 게 생긴다는데, 나는 아직 멀었나, 그렇게 자책한 날이 많았다.

몸의 곳곳이 예쁘고 선이 얇은 사람, 어울리는 옷을 잘 아는 사람, 목소리가 좋은 사람, 손재주가 좋은 사람, 그럴듯한 취미가 한두 개쯤 있는 사람이 되고 싶었다. 내가 갖지 못했던 모습을 결국엔 갖게 돼서, 나를 좋아하지 않았던 사람들이 다시 나를 좋아하게끔 만들고 싶었다.

어쩌면 나처럼 이상형 없이, 그저 좋아하는 사람이 이상형 이 되는 사람을 언젠가는 만나게 될 수도 있겠지. 그러면 위에 내가 말한 것들이 필요 없게 될지도 모르겠다. 하지만 그것도 욕심이려나. 아, 모르겠다. 어떻게 되겠지. 원래 연애라는 건, 내 마음대로 된 적이 없었다.

이상형. 생각할 수 있는 범위 안에서 가장 완전하다고 여겨지는 사람의 유형.

'이 사람은 내게 완전하다고 여겨져'라고 생각되는 사람보단, 나의, 그리고 내 세계의 범위를 결정 지어 줄 수 있는 사람이, 언젠가는 나타나기도 할 것이라고 믿고 싶다.

촌스러운 사람

유치한 사람 촌스러운 사람이 좋다. 구십년대 이천년대 초
반 연인들의 연애방식이 부러워 그걸 꼭 따라 해보려 하는
사람. 아무 책에나 사랑한다는 쪽지나 연필로 그린 내 얼굴
을 숨겨두는 사람. 글씨가 기차를 타고 지나가다 봐도 네 글
씨라고, 내 얼굴이 이렇게 못생겼냐고 끝끝내 그걸 찾아내
서 놀리고 싶다. 나란히 앉아서 무서운 영화를 보다가 입을
벌려보라고, 혹시 너도 흡혈귀처럼 이가 뾰족한 게 아니냐고
어금니와 송곳니를 만져보는 일. 눈빛이 묘하게 닿아서 에이
아니네 말하고 다시 멋쩍게 영화를 보는 일. 이내 영화는 필
요 없다는 듯 입을 맞추는 일. 커플 신발이나 커플 티셔츠는
너무 흔하니까 우린 커플 우울함이나 커플 괴상함을 만들자
는 사람. 두 사람 모두가 슬픈 날에는 말없이 나란히 잠만 자
야지. 두 사람 모두가 좋아하는 다소 변태스러울 수도 있는
식성이나 취향을 하나씩 찾아봐야지. 그런 적 없었는데 늦바
람이 불어 시도 때도 없이 키스해달라고 하는 사람. 그래서

나까지 스무 살로 만들어버리는 사람. 그런 사람을 나도 지금껏 찾아왔다고. 나도 이만큼이나 유치하고 촌스러운 사람이라고. 여기까지 오는 동안 수많은 불빛과 머리 아픈 물건들, 흔하고 새 옷 냄새 나는 노래들을 뚫고 오느라 지쳤다고. 지쳤으니 안아달라고 편지에 적어 그 사람에게 건네고 싶다.

—

이별의 단상들

 얼마 전엔 작고 가벼운 이별을 맞았다. 여기서 내가 이별을 보고 작고 가볍다고 말하는 것은, 그 관계가 연인이 채 되진 못했지만, 어느 정도 서로 간에 감정이 있긴 했던 사이였기 때문이다. 그럴 수밖에 없는 여러 이유가 있었던 거라고, 다만 그렇게 믿고 싶다.

 그 작고 가벼운 이별을 한 다음 날엔, 가고 싶었던 미술관에 혼자 다녀왔다. 그날 미술관에는 이상하리만치 사람이 많았다. 아마 단체 관람 같은 것이었나 싶기도 하다. 꽤 비슷해 보이는 연령대의 사람들이 유독 많은 것 같았으니까. 소란스러운 미술관에서 구경을 마치고, 나는 미술관에 붙어 있는 카페테리아에서 혼자 파스타를 먹었다. 카페테리아는 미술관 화랑보다도 몇 배는 붐비고 있었는데, 나는 '그냥' 아무렇지 않은 듯 4인 테이블에 혼자 앉아 파스타를 먹었다. 그저 뭔가 고프다는 느낌이 강하게 들었기 때문에, 어쩔 수 없이 파스타를 한 그릇 시켜 목구멍 속으로 밀어 넣을 수밖에 없었다. 시선을 비워두고는, 꾸역꾸역 그렇게. 그래서 배가 불렀느냐, 포만감이 느껴졌느냐 하면 글쎄, 잘 모르겠다. 그저 조금 더 혈색이 돌고 있을 뿐인, 그렇지만 여전히 텅 빈 표정으로 집으로 천천히 걸어갔던 것 같다. 아무래도 그렇게 소소한 이별도 이별이었다고, 그게 은근히 허하게 느껴져서 그런 거겠지.

끝이 두려워 시작하지 못하는 것들이 가끔 있다. 예를 들면 경사진 곳에서 바퀴 달린 것에 내 몸을 싣는 일, 나쁜 걸 알지만 달콤해 보이는 일을 저지르는 것이 그렇다. 그리고 호감을 뛰어넘어 사랑으로 가는 일도 역시 그들과 별반 다르지 않은 일일지도 모른다.

몇 번, 어쩌면 몇십 번의 호감이 내 목덜미를 간질이고 지나간 것을 안다. 하지만 그중 호감이 호감을 넘어 사랑이 된 일은 한 손에 꼽을 정도로 적었다. 나는 어느 정도는 순수하게 사람을 좋아해도 될 상황에서도, 언젠가는 추하고 또 슬프게 다가올 마지막이 무서워 그로부터 도망치기 일쑤였다. 미술관에 가기 전날 내가 선택한 이별도 그런 이유에서였다. 그 사람에게는 미안한 일이지만, 나는 그러지 않고서는 버틸 수 없을 정도로 미래의 이별이 두려웠다.

이별이라는 것에 대해, 요 며칠은 부쩍 자주 생각하게 된다. 사람과 사람이 만나 사랑을 하는 일의 마지막, 그리고 누군가가 세상에 태어나 삶을 누리다 다시 흙으로 돌아가는 일역시 이별이라 한다. 사람이 아닌 동물이나 장소로부터 멀어져 영영 보기 어렵게 되는 일 역시도.

이별 하면 떠오르는 일이 있다.

할아버지께서 위독하시다는 소식을 들었을 때는 그야말로 눈앞이 아득해지는 것 같았다. 운영 중인 가게에서 일을 보던 중이었는데, 마음 같아서는 당장 문을 닫고 가만히 맨바닥에 드러눕고 싶었다. 다음 날, 부모님과 함께 할아버지가 계시는 섬으로 가는 길은 조용했다. 산마다 단풍이 알록달록하게 익어 있어도, 라디오에서 아무리 신나는 노래가 나와도 평소처럼 그것들을 예뻐해 줄 수도, 휘파람을 불 수도 없었다. 다만 목적지에 가까워질수록 겁이 났던 것 같다. 내가 기억하는 할아버지의 모습과 너무도 다른 할아버지께서 우리를 기다리고 있을 것만 같아서.

할아버지는 내가 아는 시골집의 침대에 누워 계셨다. 병원에서 대여한 산소 호흡기를 코에 다시고서는. 요양병원에서 이제는 별다른 방법이 없다는 통보를 듣고는 댁으로 모셔 오셨다고. 부쩍 얇아진 팔과 다리가, 그리고 그에 비해 복수가 차서 커다랗게 부푼 배가, 내가 알고 있던 할아버지의 정정하셨던 모습과는 사뭇 달랐다. 그래서 처음에는 아무런 말도 하지 못했던 것 같다. 아버지는 잠깐 고개를 다른 곳으로 돌리시는가 싶더니 방을 나가셨고, 나는 당신께서 어떤 표정과 눈물을 숨기려고 하시는구나, 그런 생각에 한동안 방 밖으로 나갈 엄두를 내지 못했다.

하지만 그나마 다행이었던 것은, 며칠 전과는 다르게 짧게나마 의사 표현을 하실 수 있다는 점이었다. 설탕물 좀 타다다오, 어깨 좀 주물러라, 건강했느냐, 그런 말들을 듣고 우리 가족은 조금은 안도할 수 있었다.

마당의 새끼 고양이와 놀다 보니 금방 해가 저물었고, 나는 별안간 밤바다가 보고 싶어졌다. 잠깐 다녀오겠다고 말씀을 드리고 코트를 입었다. 대문을 나서고 몇 발짝을 옮기니 뒤에서 야옹, 야옹 소리가 들려온다. 고양이가 대문 밖으로 고개를 내밀곤 나를 향해 계속 울고 있었다. 나는 그게 가지 말

라는, 자기를 좀 안아달라는, 그러면 나도 너를 안아주겠다
는 말로 들려서 어쩐지 서글퍼졌다. 하지만 오랜만에 밤바다
를 볼 수 있는 기회를 날릴 수는 없었기에, 나는 애써 발걸음
을 재촉할 수밖에 없었다.

 남쪽 섬의 밤엔 온통 바다와 별뿐이었다. 눈이 닿는 곳마다
별 아니면 검은 물, 실금처럼 하얗게 그어지는 파도의 윤곽
선뿐. 그리고 그 장면들은 내게 묘한 위로가 되었다. 그 상황
과 위로라는 말이 어울리는 건지는 모르겠지만.

 다음 날, 아버지는 섬에 며칠 더 머무르기로 하셨고 어머니
와 나는 서둘러 버스를 타야만 했다. 해야만 하는 일이 많기
때문이었다. 고양이는 어제와 마찬가지로 내게 가지 말라며
서글픈 소리를 계속 던졌다. 나는 역시 또 이렇게 이별이구
나, 그런 생각이 들어 미안한 마음, 또 아쉬운 마음을 동시에
품을 수밖에 없었다.
 며칠 뒤, 아버지는 다시 돌아오셨다. 할아버지는 여전히 남
쪽 섬의 작은 방에서 숨을 쉬고 계신다. 비록 며칠에 한 번씩
좋지 않은 순간들이 다가오기도 한다지만, 아직은 그렇다.
나는 크고 작은 이별들이 이처럼 반복되는 것이 삶이라면,

어쩌면 삶은 맨 처음부터 슬프라고 만들어지는 것이겠구나, 그런 생각을 했다. 그리고 지금도 여전히 그런 생각을 한다.

나는 물건을 잘 버리지 못하는 편이다. 오죽하면 '내가 폭삭 늙어버린다면, 〈세상에 이런 일이〉 같은 티브이 프로그램에 물건 못 버리는 할아버지로 소개되는 건 아닐까?' 하고 망상을 할까. 나는 헤어진 연인이 헤어지던 날에 춥지 않게 가라며 챙겨준 손난로, 또 다른 누군가가 아프지 말라며 준 피로 회복제의 빈 병 같은 것을 여전히 버리지 못하고 있다. 그만 큼이나 이별로부터, 또 이별의 후유증으로부터 자유롭지 못 하다는 말이다.

지금은 괜찮으시지만, 결국 할아버지는 어느 미래에 우리 의 곁을 떠나시겠지. 나는 다만 나의 아버지가 버려야 할 물 건, 떨쳐야 할 슬픔으로부터 나보다는 자유로운 사람이길 바 란다. 부모와 자식은 닮는다지만, 이것만큼은 닮지 않았으면 하고 바라보는 것이다.

–

버튼

핸드폰을 주머니에 넣고 노래를 들으며 걷는 길에서는
소리가 크거나 작으면 그때그때 그를 조절할 수 있었다.
위쪽에 만져지는 건 소리를 키우는 것, 아래쪽은 낮추는 것.

만약 너도 내 손을 잡았을 때 내게도 버튼이 있어
무슨 버튼이라도 눌렀다면, 그래서 내가 네게 맞춰졌다면
나도 마음의 세기를 조절해서
네가 떠나지 않게끔 할 수 있었을 텐데.

–

연애보다 어려운

 추천을 누르면 올해 안에 애인이 생긴다는 댓글을 본 적이
있다. 그런 걸 맨 처음 봤던 게 아마 삼 년쯤 전이었을까. 그
땐 이런 식으로 댓글을 쓰고 추천을 많이 얻는다고 이 사람
이 얻는 건 뭘까, 정말 한심하다고 생각하고 지나쳤다. 그 이
후로도 그런 댓글은 며칠에 한 번씩 심심찮게 보였는데, 그
럴 때마다 나는 그것들을 무슨 벌레라도 보는 것처럼 여겼
다. 심지어 정말로 추천을 누르는 사람들은 또 뭐야, 세상엔
정말 웃기는 사람들이 많다고 생각했다.
 추천을 누르면 올해 안에 애인이 생깁니다. 작년 여름쯤의
댓글에 나는 비참하게도 추천을 눌렀고 어느새 약속했던 올
해는 지나갔다. 벌써 이월이다. 그런 식의 댓글들은 작년 여
름부터의 실험을 통해-실험이라고 말하고 잡아야만 했던 지
푸라기라고 읽는다- 거짓으로 판명 났지만, 여전히 나는 그
런 시시콜콜한 댓글들이 가끔 눈에 걸린다. 이 애잔한 사람
은 오늘도 작업실에 오는 동안 몇 명의 사람과 당연하게도

눈을 마주쳤다. 그 몇 명의 사람에게도 나는 으레 당연히 지나쳤을 '가는 길에 그냥 있었던 행인'이었겠지만, 나는 가끔 그 사람들에게 아주 뜬금없는 의미부여를 할 때도 있다. 저 사람은 나와 비슷한 코트를 입었구나, 그럼 혹시 저 사람도 미술관이나 면 요리 같은 것들을 좋아하는 취향이 있는 게 아닐까. 방금 지나간 사람은 나와 눈매가 꽤 닮았는데, 혹시 나처럼 지금 좀 외로운 상태가 아닐까 하고, 머릿속에서 로맨스 회로를 지멋대로 막 돌려대는 거다. 오늘도 이 애잔한 사람은 작업실로 오는 동안 못해도 세 번은 혼자 사랑하고 또 헤어졌다.

　사랑은 어렵다, 라는, 짧은 메모를 언젠가 이미 적어뒀던 적이 있지만, 정말이지 사랑은 어렵기도 하다. 요즘 들어 더 그렇게 생각한다. 내가 마음에 들어 하는 사람이 마침 딱 괜찮은 시기에 나를 마음에 들어 하고, 마음이나 물질, 그리고 시간적인 여유가 적당할 확률, 게다가 어느 한쪽이 용기를 내어 그 가능성을 매듭지을 확률은 정말이지 현저히 낮다. 복권 당첨보다 힘들겠냐고 묻는다면 잘 모르겠지만, 못해도 라디오 경품 추첨에 뽑히는 것보다는 확실히 어려울 거라고 생각한다. 게다가 그런 확률뿐만 아니라 개개인의 체질 같은 것들까지 고려해야 한다. 이를테면 모든 게 다 순조로웠는데 갑자기 마음에서 소용돌이치는 걱정 아닌 걱정 같은 것. 만약 이 사람과 만나고 나서 서로가 서로에게 숨겨왔던 부분들 때문에 실망하면 어떡하지? 어차피 언젠가는 헤어질 관계인데 만나는 게 정말로 맞나? 뭐 그런 속 터지는 겁들.

 모르겠다. 나는 오늘도 세 번은 혼자 연애와 이별을 하고 애인이 생긴다는 댓글에 추천을 누를지 말지를 꽤 진지하게 고민했다. 연애라는 게 시작되기 위해선 역시 최소한의 준비물이라는 게 있는 거야, 그렇게 혼잣말하며 해야 할 일을 하기 시작했다. 역시 연애는 어렵다. 그리고 연애의 여러 조건들보다도 더, 나는 내 마음이 세상에서 가장 어렵다.

–

저온 조리

그립다는 말, 그리움이라는 말에 대해 생각한다.

사실 그리움이라는 소재는 2년 전쯤에 몇몇 동료 작가와 함께 쓴 책을 통해서 다룬 적이 있다. 하지만 말 그대로 벌써 2년이라는 시간이 지났고, 그동안 새로이 그리워진 것들도 있기에 다시 그리움이라는 낱말을 생각해보게 되는 거다(무엇보다도 동료 작가들과의 그때가 그리워졌다…).

'그리움'이라는 낱말의 사전적 의미는 '보고 싶어 애타는 마음'이라고 한다. 보고 싶은 건 알겠는데, 애타는 건 뭘까. '애타다'라는 낱말은 '몹시 답답하거나 안타까워 속이 끓는 듯하다'라는 뜻을 지녔다고 하네. 그러니까 풀어보자면, 보고 싶어서 몹시 답답하거나 안타까워 속이 끓는 듯한 마음이라는 거지. 막상 그리움이라는 정서를 이런 식으로 정의 지어버리니 뭔가 함부로 그립다는 말을 쓰면 안 될 것 같다. 보고 싶은 건 보고 싶은 거겠지만, 내가 진심으로 그런 마음 때문에 몹시 답답해하거나 속을 끓인 적은 그리 많지 않았던 것 같아서.

 바로 이런 게 내 나름의 직업병 아닐까. 무언가에 대해 써달라는, 또는 확실한 방향성을 지닌 원고를 청탁받게 되면, 나는 가장 먼저 그 소재의 사전적 의미들을 찾아보곤 했다. 이미 충분히 잘 알고 있다고 생각되는 낱말들도 막상 사전적 의미를 찾아보면, 전혀 알지 못했던 내용들을 내포하고 있기도 했다. 그렇기 때문에 누군가 내게 글쓰기에 관한 도움을 요청하면, 나는 종종 사전적 의미를 찾아보셨나요, 그렇게 되묻곤 한다. 아무튼, 이 사전적 의미를 통해 돌파구를 찾을 때가 훨씬 많지만, 가끔은 오히려 글쓰기가 더 난처해지는 경우도 있긴 하다. 바로 지금이 그렇다. 나는 그저 아주 조금, 가끔 생각나거나 보고 싶어지는 것들에 대해 써보려 했는데. 무려 속이 끓을 정도로 보고 싶은 마음이라니.

 그저 그 느낌들을 다시 느껴보고 싶을 뿐이었다. 내가 그리워하는 느낌들은 대부분 불편함으로부터 오는 것들이었다. 메신저 같은 게 없었을 때, 문자 메시지 한 통에 할 말을 최대한 꾹꾹 눌러 담아서 보내야 했던 불편함, 또 마찬가지로 꾹꾹 눌러 담아서 도착한 메시지를 기다려야 하는 불편함 같은 것. 꽁꽁 얼어 있는 문고리를 잡고 열쇠를 꽂아 문을 열던 느낌. 새벽 세 시에 난데없이 일어나 근무를 서야 했던 군 생활의 기억. 몰래, 몰래 펜 잉크를 데워가며 메모를 했던 기억 같은 것들. 그런 순간들은 당시에는 소름이 끼치거나 답답하고 짜증스럽게만 느껴졌지만, 지금 돌이켜보면 나쁜 게 뭔지, 또 좋은 것과 편한 게 얼마나 소중한 것이었는지 더 잘 알게끔 해 주는, 의미가 있기는 했던 시간들이었다(사실 안 겪으면 더 좋았을 경험이었던 것은 사실이어서, 소중한 시간이라고까지는 말 못 하겠다).

또 그 장소들에 다시 가보고 싶기도 했다. 엄밀히는 '그때의 그곳들'에. 지금은 아주 깔끔해진, 하지만 내가 살았던 때는 무척 어둡고 복잡하고, 때로는 지린내가 나기도 했던 정릉의 어느 골목길은 밉기는 죽도록 미웠지만 가끔은 묘하게 떠오르기도 하였다. 지금은 모두의 산책로가 된 용신2교는 학창 시절 나만의 야경 스팟이었다. 그때의 나는 좋아하는 사람이 생기면, 또 중요한 이야깃거리가 있을 때면 자랑스럽다는 듯 그들을 그곳으로 데려가곤 했다. 또 오래전 엄마랑 손잡고 갔던 복층 분식집, 교남이랑 명상이랑 다녔던 창문 하나 없었던 학원 강의실……. 그곳들은 기억으로는 여전하지만 실제로는 이 세상에 없는 공간이 되어버렸다.

커피를 내렸던 성동구의 지하 카페도, 네 평은 될까 싶었던 홍은동 글쓰기 강의실도 이제는 없는 공간이다. 그래도, 그래서일까, 그냥 한번 가보고 싶어질 때가 많았다. 거기에 있는 나는 그 뒤의 언젠가 겪을 이별이나 아픔을 모르고 있을 테니까, 나중에 아프더라도 당장은 좀 덜 아플 테니까. 멍청한 생각이지만, 지금의 나이기보단 그때 그곳의 나이고 싶었다.

그리고 무엇보다도, 그냥 그 사람이 보고 싶었다. 아니, 보고 싶었다기보단 그 사람의 오늘날을 알고 싶어졌다고 할까. 사랑스러운 사람이었으니까, 지금도 당연히 사랑을 하고 있을까. 이 나이쯤 됐으면, 안 하겠다고 버릇처럼 말했지만, 어쩌면 조금 일찍 결혼을 했을지도 모르겠다. 그냥, 궁금했다. 그래서 아주 잠깐만이라도, 그때처럼 안국역 주변에서 자판기 커피를 홀짝일 시간만이라도 있다면, 그래서 수다를 떨수 있게 된다면 좋겠다고 생각했다. 우리 그때 진짜 재밌었지, 우리 고등학생일 때, 독서실 사장 할아버지랑 승민이랑 나랑 너랑 넷이 계곡 갔을 때도 정말 좋았지. 고기도 구워 먹었지. 어른이 되고 나서도 재밌었지? 서울 여기저기 많이 다녔잖아, 사실 지금에서야 말하는 건데, 그전까지는 나 서울에서 놀았던 적이 없었던 것 같아. 그래서 정말 좋았어. 재밌었어. 그리고 그날은 정말 춥기도 했지? 그래서 온종일 손 꽉 잡고 있었지? 그렇게 떠들고 싶었다. 그러다가 그냥, 정말 그랬다고, 재밌었다고, 그 말 하고 싶었다고 말하고, 쓰레기통에 컵을 버리고 잘 지내라 말하며 왔던 길로 돌아오고 싶었다.

그리움이라는 게 정말로 무언가, 누군가가 보고 싶어서 '끓어오르는 마음'이어야만 한다면, 나는 내 그리움이라는 메뉴에게 저온 조리된 마음이라는 이름표를 붙여 주고 싶다. 팔팔 끓어서 눈물이 터져 나오는 건 아니지만, 아주 낮고 잔잔한 불길로 오래도록 달여내는 어떤 국물 같은 거라고. 그렇게 생각하고 싶다.

때로는 약하게 끓여낸 마음들로 이렇게 글도 쓰고 밥도 벌어먹고 있으니, 이대로도 좋지 않을까 하고 생각하게 된다. 그리운 것은 그리운 대로 그런 의미가 있죠, 나는 가끔 들국화 노래의 가사를 그런 식으로 바꿔 부르곤 했다. 잘못됐다는 걸 알면서도 자꾸만 그랬다.

하지만 정말이지, 그리운 것은 그리운 대로 그런 의미가 있는 거겠지. 그렇게 생각하면, '어찌 됐든'이라는 느낌으로 괜찮아진다. 몹시 답답해지거나 속을 끓이게 되진 않을까, 그런 괜한 걱정도 할 필요가 없게끔 된다. 다 이유가 있어서 떠오르는 거겠지. 변한 곳은 깔끔해져서, 세련되어져서 좋아진 거겠지. 그 사람, 그 사람들도 잘 지내고 있는 거겠지. 그렇게 생각하게 된다.

다 괜찮다.
다 괜찮아지겠지.

—

있기는 있다

누가 그리운 건지도 모르겠는, 막연한 그리움.

—

파리 한의원

오늘 아침에는 방에서 작은 손님을 봤어.

손등에서 간지러운 촉감이 느껴져서 잠에서 깼을 때였어. 꿈에서는 누군가가 내 손등을 아주 부드럽게 쓰다듬어 주는 것 같았는데, 별안간 살짝 뜬 실눈의 시야 한가운데에는 얇고 가벼워 보이는 거미가 한 마리 있었던 거야. 화들짝 놀라서 그걸 바닥으로 뿌리치고는 침대에서 튕기듯 일어날 수밖에 없었어.

어떻게 해야 하지, 살충제를 가져와야 하나, 아니야, 거미는 익충이라던데. 아침에 보이는 거미는 돈을 가져다 주는 손님이라던데. 그러면 휴지로 살짝 집어서 쫓아 줘야 하나. 혼란스러웠어. 일단은 거실로 나가서 한 손엔 살충제, 한 손엔 휴지를 들고 다시 방에 들어왔어. 죽이든 내쫓든, 일단은 돌아와서 결정하기로 마음먹었던 거야.

돌아온 곳에 거미는 온데간데없었어. 나는 이 방의 보이지 않는 어딘가에 거미가 있다는 생각을 하니 다시 잠들 수가 없었어. 시간은 아침 일곱 시, 지난밤에는 별다른 할 일이 없었기 때문에 새벽 네 시가 넘도록 TV를 보다 잠들었어. 그래서 피곤했지. 아무튼 그래, 그 거미 때문에, 피곤해도 다시 잠들 수 없었어. 그래, 겸사겸사 일이나 해야지, 나는 그렇게 체념하고 어쩔 수 없이 샤워를 하고 옷을 골라 입고, 아침부터 글을 쓰러 나왔어.

밖에는 눈이 내리고 있었어. 사실 며칠 전에 이미 첫눈 내리는 걸 본 적이 있는데, 그건 아마 '공식적인 첫눈'은 아니었나 봐. 분명 내게만큼은 그때 본 눈이 첫눈이었는데, 세상 사람들은 인터넷에서 오늘이 드디어 첫눈 내린 날이라고 호들갑들을 떨고 있었으니까.

있지, 조금 진부하지만, 나는 그때 우리가 했던 약속을 떠올렸어. 우리 그때 같이 여행 가기로 했잖아. 일본도 중국도, 유럽 어디라도 좋으니까, 눈이 오는 타국으로 함께 가자고. 캐시미어 옷을 서로에게 입혀 주고, 이민이라도 가는 것처럼 떠나자고. 그곳이 겨울왕국이든 어디든 상관없으니까 가자고 말이야. 분명 나만의 첫눈을 볼 땐 떠오르지 않았는데, 오늘 묘하게 그 약속이 떠오른 거야, 아마 세상 사람들 모두가 보고, 너도 보고 있을 '공식적인 첫눈'이어서 그랬던 걸까? 잘 모르겠어.

아무튼, 결국 우리는 약속만 번지르르하게 남겨두곤 헤어져 버렸어. 별로 안 궁금해할 수도 있겠지만, 난 그 이후로도, 태어나서 지금까지 한 번도 사랑하는 사람과 가까운 곳 한 번을 여행하지 못했어. 그래서 아직도 참 궁금해. 애인과의 여행에선 어떤 감정을 느낄 수 있는지, 어떤 행복과 가르침을 얻을 수 있는지가 말이야. 여행은 늘 그랬거든, 혼자 떠나는 여행이든, 친구들과 함께 떠나는 여행이든, 각각으로부터 나름대로 무언가를 얻을 수 있었어. 혼자 떠나는 여행에서는 나라는 사람을 다룰 수 있는 설명서가 한 페이지 더 늘어난 것만 같았고, 친구들과 떠나는 여행에서는 좋은 것들을 좋은 표정으로 주저 없이 나누는 법을 배울 수 있었어. 아무튼, 그랬어, 뜬금없이 궁금해진 거야, 만약 너와 약속했던 대로 여행을 떠났다면, 나는 무엇을 얻을 수 있었을까. 아직 모르겠어. 앞으로는 알게 될 기회가 있을까. 그것도 잘 모르겠고.

자꾸 모르겠다는 말만 하고 있는 것 같지만, 정말로 모르겠어. 이상한 징크스인가 봐. 사실 네가 지나간 다음에 만난 사람들과도 몇 번은 여행을 기획하긴 했는데, 전부 약속했을

즈음이 되면 이별하게 되더라고.

아마 영영 애인과 해외로 떠나볼 일, 해외가 아니더라도 여행을 떠날 일은 없을 거라는 예감이 들어. 왜, 우리 그런 농담을 하기도 했잖아. 어디선가 돌아다니는 웃긴 사진을 보면서, '런던 국밥'이라는 요상한 간판을 보면서 말이야. 어쩌면 파리에도 '파리 한의원' 같은 게 있지 않을까 하고. 파리 한의원은 그렇게 멀어진 우리들에게 정말로 있지도 또 없지도 않은, 영원의 가능성으로만 남아 있게 됐어.

나, 내년엔 드디어 파리에 가보게 될 것 같아. 이번에도 혼자겠지. 숙소를 한 달쯤 빌려 지내며, 그곳에서만 쓸 수 있는 원고들을 쓸 생각이야. 처음 일주일 정도만 여행자의 마음으로 이곳저곳을 오갈 것 같고, 나머지는 숙소, 산책, 식당 이 정도로만 왔다 갔다 하지 않을까 싶어.

도시의 명소들을 오가다, 또 골목골목을 산책하다, 정말로 파리 한의원을 찾게 되면 그때는 어쩌지, 그런 걱정을 미리 해보기도 해. 그땐 정말이지 파리에 한의원이 있었다고, 심지어 이름도 파리 한의원이라고 네게 메시지를 보내야 하는 걸까? 꼭 실제로 보여 주고 싶다고, 아주 약간의 미련을 섞어 말을 걸어 봐도 되는 걸까? 하지만 잘 알아. 이제 와서 영원의 가능성으로만 존재했던 그곳이 실제로 있다는 걸 알게 됐다고 해서 우리 사이가 달라지지는 않을 거라는 걸.

 거미를 피해 나온 카페에서, 어쩌면 너도 내게 그런 아침 손님이 아니었을까, 망상하고 있어. 기억 속에서 영영 없애야 할까, 아니면 고이 감싸서 보내 줘야 할까를 고민해도, 나름의 결론을 내려 봐도 너는 자꾸 사라지고 없잖아. 점점 잊히잖아.
 나는 내 방 어딘가에 내가 아닌 손님이 있는 것이 무서워서, 언제 불쑥불쑥 튀어나올지 몰라 불안해서 집밖의 찻집으로 도망쳐 온 사람. 또 네가 내 안의 보이지 않는 곳에 숨어버린 것이 무서워서, 언제 떠올라 나를 울릴지 몰라서 파리로 도망치려는 사람이야.

 12월 3일, 여기 찻집을 비롯한 거리 곳곳에서는 벌써 크리스마스 캐럴이 끊이지도 않고 흘러나오고 있어. 크리스마스가 오려나 봐, 우리가 한 번을 함께 보내지 못한 크리스마스가. 나는 이렇게 아직 여러 기억으로부터 자유롭지 못하게 지내고 있어.

내년에 파리에 가게 된다면, 그곳에서 파리 한의원을 찾게
된다면.
그땐 그곳에 너를 버리고 오고 싶어.

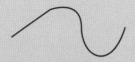

2부

여
름
다
웠
던

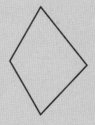

–

그때 우리만의 화학시간

나는 벼린 칼도 뜨거운 솥도 아니었는데
당신에게 얼굴을 파묻으면 당신은 늘 아프다고만 했다.

턴테이블

거긴 약간 옛날 느낌으로 술을 파는 곳이었어. 노래도 옛날
노래가 흐르고 있었는데, 둘러보니까 턴테이블로 음악을 틀
고 있더라고. 그 왜, 있잖아, LP판을 올려두면 그게 뱅글뱅
글 돌아가고, 침이 그걸 읽으면서 음악이 나오는 거. 80년대
시티팝을 모아둔 레코드였나 봐. 그런데 그 소리가 되게 뒤
죽박죽인 거야. 나는 마시는 내내 그게 불편했어. 어떤 곡은
되게 작게 재생돼서 귀가 간지러웠고 또 어떤 건 너무 커서
깜짝 놀라기도, 귀가 아프기도 했거든. 나는 아마 스피커가
싸구려일 거라고 생각했어. 좀 좋은 스피커였다면 달랐을 거
라고도. 음향 쪽으론 아는 게 없지만 말이야. 왜, 보스, 뱅앤
올룹슨, 제이비엘, 그런 브랜드들 있잖아. 아니면 스피커 자
체는 훌륭한 건데, 스피커나 턴테이블 안에 있는 균형을 잡
아 주는 시스템 같은 게 고장 난 거였을까? 오래된 아날로
그 턴테이블이라서 소프트웨어 같은 게 아예 없었을까? 모
르겠어.

나도 그랬던 것 같다. 자주 뒤죽박죽이 됐었거든. 어떤 날엔 모기 같은 목소리로 사랑한다고 말하고, 다른 어떤 날엔 왜 나를 더 안아 주지 않느냐며 날카로운 소리를 냈어. 바라는 것과 서운한 것을 말할 때도 그랬던 것 같네. 나를 스쳐 간 사람들도 나라는 사람과의 시간을 마시는 내내 그게 불편했겠지. 이 사람은 마음씨가 싸구려구나, 그렇게 생각했을지도 몰라. 내가 좀 좋은 입 모양, 지금보다 조금 더 얇고 부드러운 손을 가졌다면 좀 달랐을까? 사려 깊게 키스하는 법, 적당한 속도로 안아 주는 법을 알았다면. 그런 섬세한 소프트웨어가 내게도 있었다면. 레코드판 이야기를 하다가 왜 이런 쪽으로 빠졌는지는 모르겠는데.

레코드 하니까, 하루는 그런 날도 있었어. 어느 공원에 앉아 가만히 시간을 보내고 있는데, 잠깐 눈을 감았을 때 들려오는 소리가 너무 마음에 드는 거야. 이름도 모르는 새 소리, 나이 많은 부부가 도란도란 이쪽에서 저쪽으로 걸어가는 소리, 비행기 지나가는 소리 같은 것들. 나는 얼른 그걸 녹음해 두고 싶어서 핸드폰을 들었어. 그런데 아무리 찾아봐도 녹음 기능이 안 보이더라고. 어쩔 수 없이, Hey Siri, 그렇게 말했어. 조금 웃기지만, 아주 조금이나마 영어를 입에 익혀두려고 시리를 영어 모드로 해둔 거였거든. 그리고 말했어, 이거 좀 녹음해줘, Record it. 그랬는데 난데없이 녹음기가 아니고 카메라가 켜지는 거야. 아무래도 레코드라는 단어에는 기록한다는 의미도 있으니까, 카메라를 켜달라는 뜻으로 받아들일 수도 있겠구나, 그렇게 생각했어. 결국 그 공원의 소리는 녹음하지 못했어.

어쩌면, 이번에도, 라는 말을 덧붙여야겠는데, 나도 그랬던 건지도 몰라. '사랑'을 원하는지 그저 옆이나 앞에 있어 줄 '사람 아무나'를 원하는지도 알아들을 수 없을 정도로, 분명치 않은 태도와 목소리를 보였던 것 같아. 그럴 생각은 없었는데 말이야. 결국 그렇게 나 그리고 나의 누군가와의 아름다운 추억들은 가끔 오래가지 못하기도 했어.

정말이지 옛날 느낌의 술집이었어. 빨갛게 푸르게 반짝이는 스테인드글라스들. 차가 지나갈 때마다 유리들이 비싼 시계처럼 반짝였어. 안쪽의 벽들은 또 어땠고. 낡은 건물의 욕실 타일 같은 것들이 질서정연하게 붙어 있었지. 나는 늘 그런 것들을 참 좋아했는데.

길을 걸으면서, 외벽에 고풍스러운 타일들이 붙어 있을 때면, 나는 옆에 있는 사람에게 건물이 예쁘다고, 저런 건물들을 좋아한다고 말하곤 했어. 돌아오는 대답은 아예 없었거나 어쩌라고? 식의 말, 난처하다는 듯한 웃음소리뿐이었지만. 내가 조금은 덜 고장이 난 사람이었다면, 좋은 얼굴과 손의 질감, 키스를 가진 사람이었다면 그 사람들을 붙잡을 수 있었을까? 조금 더 명확한 소리를 낼 줄 아는 사람이었다면. 내가 원하는 건 비싼 시계나 보석 같은 것들을 주고받는 일이 아니라, 고작 저런 스테인드글라스를 구경하는 일이라고, 그러니까 네모네모 타일로 된 건물이 즐비한 을지로 같은 곳으로 가서 아무 술집에나 빨려 들어가자고, 뒤죽박죽되어 취하고 유리창 구경이나 하자고, 비가 오면 턴테이블의 잡음 같은 소리를 들으러 나가자고, 녹음으로든 사진으로든 그 순간을 기록하자고, 그렇게 말할 수 있었을까. 잘 모르겠어.

조만간에 한 번 더, 낡은 스피커가 뒤죽박죽 내는 소리를 들으러 가야겠어. 그 소리가 밉지만은 않았던 것 같아. 영 낯설지만은 않았던 것 같아.

–

슈가 프리

　기억을 되짚어보면, 어릴 적 나는 짜증난다는 말을 그렇게
도 많이 했다. 그리고 엄마는 어린 내게 제발 짜증난다는 말
좀 그만 하라고 버릇처럼 말씀하셨다. 있던 복도 다 나간다
고. 아직 세상 제대로 살아보지도 않아본 아이가 뭐가 그렇
게 짜증날 일이 있다고, 핏덩이 같은 게 짜증나, 짜증나, 거
리는 게 어지간히도 마음에 들지 않으셨던 거겠지. 이해한
다. 나라도 요만한 아이가 그랬으면 충분히 화를 냈을 거라
고 생각한다. 어쩌면 그때부터 나는 억지로 내 성격을 개조
하게 된 건지도 모르겠다. 다 크고 나서는 짜증난다는 말도
좀처럼 하지 않았고, 눈물을 흘려도 이상하지 않을 타이밍에
서도 웬만하면 표정을 구기지 않았으니까.

　그런데도 가끔, 온갖 것들이 짜증스러워서 버틸 수 없는 날
이 있기도 하다. 아마도 순수한 진심에서 나왔을 친절들도
가식으로 보이는 날. 던진 휴지가 쓰레기통을 맞고 튕겨져

나와서, 눈앞에서 20분을 기다려야 하는 버스를 놓쳐서 열 받는 날. 세상의 모든 커플이 내 앞에만 집결해서 사랑을 나누는 게 아닐까 싶은 날. 데이터 무제한 요금제라 괜찮다니까 자꾸 와이파이를 연결시키려 하는 아이폰조차 짜증스러운 날이, 내게도 있기는 있다는 말이다.

"왜 사람들이 술 마시고 나서 꼭 초코우유나 메로나를 먹는 건지 아냐?"

라고, 언젠가의 술자리에서 잔뜩 취한 상대방이 내게 이렇게 물은 적이 있다. 그야 소주가 너무 쓰니까, 그거 달래 주려고 그러는 거 아닐까, 나는 나름의 추리를 해서 대답했지만, 너무도 깊게 취했던 그 사람은 끝끝내 그 이유를 알려 주지 않고 다른 이야기를 찾아 다시 횡설수설 혀를 놀렸다.

왜 소주 뒤에는 종종 초코우유나 메로나가 따라오는지, 나는 여전히 그 이유를 알지 못한다. 하지만 여전히 나는 그렇게 생각한다. 짧은 추리력으로는 그런 결론만 내릴 수 있는 거다. 술이 너무 쓰니까 단 걸 마시고 먹어 주는 거라고.

언젠가의 책에 적은 적도 있는데, 나는 어려부터 단 음식을 먹지 못했다. 내가 아주 갓난아기일 때, 나는 맞벌이를 하는 부모님 대신 외증조할머니의 품속에서 시간을 보낼 때가 많았다. 아마 그때부터 만들어진 식성 때문이었을 거다. 사탕이나 젤리보다는 두부 부침이나 감자전을 먹으며 두어 살 오휘명은 자라왔다. 다 크고 나서도 단 것을 먹으면 소름부터 끼쳤다. 마치 약기운 같은 것에 취하기라도 한 것처럼, 한동안은 아무 곳에나 앉아서 숨을 고르고, 잔뜩 상기된 얼굴을 진정시켜야만 했다.

사람들은 '당 떨어진다'는 표현을 쓰곤 한다. 어떤 이유로 지치게 되거나 기분이 좋지 않을 때마다, 그들은 그렇게 말하며 단것을 찾았다. 그리고 정말로 초콜릿 따위를 먹은 사람들은 어떤 약이라도 먹어 병이 낫는 것처럼 금세 활기를 되찾고 하하호호 웃는 것이었다. 나는 그런 모습들을 볼 때마다 궁금했다. 어떤 느낌이기에 기분까지 좋아지는 걸까? 그래도 되는 걸까? 기분이 좋아지는 물리적이고도 생리적인 방법이라니. 그 정도면 거의 치트키 아니야?

자신의 삶이 달기만 한 사람이 어디에 있겠냐만, 내 지금까지의 삶 역시 자주 씁쓸했다. 어느 하루는 세상의 모든 불운이 내게만 모여드는 것 같았고, 다른 어느 하루는 체해서 위액을 토하는 것처럼, 그래서 쓰고 신맛을 느끼는 것처럼, 내가 가진 좋지 못한 마음과 과거 때문에 '셀프 괴로움'을 느끼기도 했다. 지나간 어제라는 하루는 아무 문제도 없이 흘러가는 듯했지만, 잠들기 전에 느닷없이 찾아온 외로움 때문에 벌벌 떨기도 했다. 짜증이 불쑥불쑥 솟구쳤다.

 그럴 때마다, 나는 나만의, 내가 감당할 수 있을 만큼의 '당'이 간절했다. 어떤 병을 앓는 사람은 몸속에서 특정한 성분을 만들어내지 못해서 생활하는 데에 어려움을 겪는다던데, 내 모습이 꼭 그와 닮은 것 같았다. 남들은 단걸 먹으면 조금이나마 기분이 나아진다는데, 단 것도 못 먹는 나는 어디에서 어떻게 기분을 풀어야 할까, 대답을 찾기 위해 늘 헤매야만 했다.

 나만의 초코우유나 메로나가 되어 줄 사랑을 찾아 헤매기도 했고, 때로는 어느 때보다도 깊게 가라앉아 잠자리에 들어보려 술을 몇 병이고 들이붓기도 했다. 그런 날에는 이상하리만치 술이 달았다. 남들은 술이 써서 단걸 찾던데, 내게는 그냥 술도 달았던 거다. 물론 다음날이면 깨질 것 같은 두통, 부쩍 휑해진 통장 잔고 같은 것들이 후폭풍으로 다가왔고, 나는 그럴 때마다 후회했고, 분해했다. 왜 내게는 올바른 방법이 없어서, 왜 내게는 쉬운 길이 없어서, 그렇게.

그래도 정말 다행인 것은, 풀이 죽어가는 건지 성질을 다스릴 수 있게 된 건지는 몰라도, 은근히 이런 쓸쓸함과 짜증에도 점점 의연해진다는 거다. 머릿속으로 온갖 나쁜 생각을 한다든지 술을 들이붓지 않아도, 눈을 감고 심호흡을 하다 보면 쓸개즙 같은 기분들이 서서히 사그라지는 걸 느낄 수 있었다. 이게 속으로 곪아가는 건지, 아니면 정말로 괜찮아지고 있는 건지는 잘 모르겠다. 하지만 어쩌면 나의 어머니도 이런 식으로 점점 무뎌져서, 결국 그런 어른이 된 게 아닐까 생각하면, 조금은 그때의 어머니를 더 잘 이해할 수 있을 것만 같게 된다. 조금 덜 외로워진다.

나는 이제 매일의 쓸쓸함을 손쉽게 해결하지 못하는 내 처지를 비관하지 않는다. 입 안에 덩어리진 가루약도, 목감기의 칼칼함도 언젠가는 반드시 사라졌다. 마음의 쓸쓸함 역시 마찬가지라는 것을 이제 나는 잘 안다. 앞으로도 이런 식으로 살아가야겠지. 고래에게는 고래만의 영법이, 바다뱀에게는 바다뱀만의 영법이 있는 것처럼, 서서히 녹여내는 것이 나만의 우울, 짜증 분해법인 거겠지. 그렇게 생각하면 좀 편해진다.

그러다 어느 종種이 어떤 우연한 기회로 더 나은 개체로 진화하기도 하는 것처럼, 나도 나만의 탁월한 우울 해소법을 찾게 될지도 모른다는 기대감도 있다. 그 기대 때문에 요즘은 하지 않던 운동을 하기도, 가보지 않았던 곳으로 가보기도 한다. 허탕을 치더라도 상관없다. 마음이 아닌 몸의 근육이라도 단단해진 것, 낯선 곳에 가봄으로써 작은 여행의 즐거움을 얻게 된 거라면, 그것만으로 충분하다고 여기면 된다.

언젠가 누군가가, 내게 가장 좋아하는 시의 구절이라며 정호승 시인의 〈산산조각〉을 읽어 준 적이 있다.

'산산조각이 나면, 산산조각을 얻을 수 있지'

뭐가 어떻게 됐건, 아주 조금씩이더라도, 나는 좋은 곳으로

가고 있는 거라고.
그렇게 믿고 싶다.

\-

Stay home

지금 커피포트를 켜요.

따로 또 같이 차한잔해요.

우리들의 세계가 무력감에 짓눌리지 않게.

–

누군가의 기억

 전철의 방금 닫힌 문 건너편으로 고등학교 동창을 봤다. 나는 나도 모르게 '네가 왜 여기 있어, 군대가 아니고?' 그렇게 소리 내어 말할 뻔했다. 몇 년 전 군 생활을 할 때, 정말 우연히 마주쳤던 이후로 전혀 보지 못했으니까. 그 아이는 내 기억 속에선 여전히 스물한 살의 육군 운전병으로 남아 있었던 거다. 마치 기억이라는 감옥에 갇혀 있던 것처럼.

 문득 나는 나의 안부가 궁금해졌다. 나는 사람들에게 어떤 때의 어떤 모습으로 기억되고 있을까? 포동포동한 중학생일까, 키가 죽순처럼 자라난 하얗고 긴 고등학생일까. 취해서 비틀거리느라 친구도 못 알아보는 꼴사나운 모습으로 기억되고 있을지도 모른다. 이제는 만날 수 없지만, 그 사람은 정말 다정하고 멋진 사람, 그렇게 기억되고 있다면 정말 다행이겠지. 조금만 더 욕심을 내보자면 그랬으면 좋겠다. 위에 말한 것처럼 누군가가 나를 정말 오랜만에 봤을 때, '왜 그렇게 울고 있어? 전처럼 행복하게 웃지 않고?' 또는 '뭘 잘했다고 행복해하고 있어, 주제도 모르고?' 그런 말만 안 건넸으면 좋겠다. 나의 지금 모습이 합당한 것이기를.

그리스 신화에는 타르타로스라는 지하 감옥이 등장한다. 세상의 가장 깊은 곳에 있는 감옥. 얼마나 깊은 곳에 있는지, 대장장이의 신 헤파이스토스가 지표면에서 그의 청동 모루를 떨어뜨리면 9일 밤낮을 계속 지하로 떨어지다가 10일째 되는 날 타르타로스에 닿는다고 한다.

내 모습이 누군가의 타르타로스 같은 기억 속에선 여전히 세상 가장 검은 모습으로 갇혀 있는 것을 안다. 그의 안부를 기다린다. 안부가 날아온 방향을 알게 되기를 바란다. 그러면 나는 9일 밤낮이 걸리더라도 그곳으로 날아가, 나 이제는 괜찮다고, 웃고 지내게 됐다고 말하고 오고 싶다.

—

레시피

어디선가 본 만화의 한 컷이 기억에 남아 있다.

"이젠 사랑이 뭔지도 모르겠어⋯⋯."
어느 캐릭터가 축 처진 채로 그렇게 혼잣말을 하는 장면이었다.
그러게, 과연 사랑이란 무엇일까, 생각했다. 나아가 내가 사랑이라는 것에 어떻게 빠져들게 되었는지도 천천히 기억해보았다. 사랑의 역사학자라도 된 것처럼.
온전하게 남아 있는 기억은 아무것도 없지만, 때로는 첫눈에 반하기도 했으며, 또 때로는 천천히 한 사람에게 빠져들기도 했었던 것 같다. 누군가에게는 첫눈에 반한 뒤로도 점점 더 빠져들기도 하였다.

첫눈에 반하는 것만이 사랑인지, 아니면 천천히 한 사람에게 빠져드는 것만이 진정한 사랑인지. 몇십 년 전, 어쩌면 몇

천 년 전부터, 사람들은 그것에 대해 끊임없이 생각하고, 또 대화해왔다. 그리고 나도 그중의 일부로서, 나름의 생각을 풀어내 보려 한다.

내 아주 개인적이고도 사소한 의견으로는, 내 사랑은 둘 중 어느 한 쪽에 쏠려야 하는 것이 아니라 각각의 순간에 필요한 감정이 뒤섞여야만 완성되는 것 같다. 요리를 할 때, 또 마실 것을 만들 때도 그랬다. 양파를 너무 일찍 넣고 볶으면, 물이 필요 이상으로 많이 생겨서 맛의 밸런스가 무너지곤 했다. 매콤하고 짭짤한 맛이 꼭 필요한 음식임에도 단맛만 너무 강하여 먹기가 힘들었다. 또 와인 베이스의 담금주인 샹그리아를 만들 때도 그랬다. 샹그리아에는 보통 사과 등의 과일을 썰어서 넣곤 하는데, 이 사과를 너무 늦게 넣게 되면, 충분히 과즙이 우러나기 전에 마시게 되면, 과일의 상큼함과 풍부함이 훨씬 덜해 맛이 별로였다.

어쩌면 내 사랑도 그와 비슷한 것 아닐까. 일찍 품을수록 좋을 호감, 또 천천히 알거나 천천히 가질수록 좋을 마음이 각각 있는 것 아닐까, 그렇게 생각한다. 어쩌면 누군가에게는 사랑의 위에 요리라는 틀을 씌우는 것이 비약처럼 느껴질 수도 있겠다. 하지만 나는 사랑이라는 일이 오히려 요리보다 훨씬 더 많은 주의와 타이밍 조절, 정성을 필요로 하는 거라고 생각한다.

 물론 세상의 모든 사랑이 꼭 그래야만 한다는 건 아니다. 첫눈에 반하지 않고 서서히 깊고 진한 농도가 되어가는 사랑이 있으며, 맨 처음의 강렬한 인상, 사고 같은 만남으로 몇십 년을 가는 사랑도 있다. 어쩌면 그런 것들은, 또 음식에 비유를 하자면, 전자는 우유에서 시작해 서서히 발효되어 비로소 완성되는 치즈 같은 사랑, 후자는 죽음에 가까울 정도로 짜릿한, 단 한 잔의 독주 같은 사랑이라고 말해둘 수 있겠지.

 그냥, 아주 개인적인, 나만의 생각과 바람인 거다. 세상에는 여러 식자재와 음식, 또 마실 것, 사랑이 있지만, 내게 맞는 사랑은 그런 게 아닐까 하고 생각해보는 거다. 맨 처음의 느낌과 서서히 익어가는 어떠한 마음 같은 것이 뒤섞여야 하는, 다소 복잡한 과정을 통해서 결국엔 근사하게 완성되는 양파 요리와 샹그리아 같은 사랑.

 며칠 뒤면 다시 크리스마스구나. 크리스마스는 어떻게 보면 삼백육십오 개의 날 중 하나일 뿐인데, 이런 시기에 올해처럼 혼자라면 난데없이 우울해지고, 또 평소보다도 외로워지기도 한다. 나는 아무렇지도 않은데, 주변에서 크리스마스에 뭐 해요, 누구 만나요, 물으면 별안간에 그렇게 된다. 요 며칠도 이 시기에만 들을 수 있는, 크리스마스에 관한 질문을 많이 들었다. 나는 아주 담담히, 혼자 지낼 예정이라고 대답하거나, 아무런 대답도 하지 않았다.

크리스마스를 틈타 내게 마법 같은 만남이 찾아올 거라는 생각은 하지 않는다. 기대조차 하지 않으며 바라지도 않는다. 그때 사고 같은 만남이 찾아온다고 해서 마음으로부터 진정한 사랑이 샘솟을 거라고 생각하는 것이, 내게는 쉽지 않기 때문이다.

근 몇 년, 크고 작은 이별을 겪으면서, 많이 외롭기도 하였다. 그리고 나는 최근이 돼서야 아, 이제 또 준비된 것 같다, 그렇게 느끼게 된 참이다.
조금은 늦은 것 같기도 하지만, 이제야 준비가 다 된 것 같다.

빨라도 좋겠지만, 늦어도 되니까, 조심히만 내게 오기를 바란다.

틈

'사랑스러운 사람들은 모두 사랑을 한다, 내가 비집고 들어갈 틈이 없이.' 일 년이 넘도록 품속에 안고 이러지도 저러지도 못하고 있는 문장이다. 내년엔 꼭 이 문장을 잘 길러봐야지. 좋은 글로 키워봐야지. 사랑스러운 사람들은 모두 사랑을 한다. 정말이지 내가 비집고 들어갈 틈이 없이.

\-

생일 선물

"난 너 좀 안 외로운 거. 처져 있는 모습 안 보는 거."

엄마는 다 안다.

—

여름다웠던

여름이 사랑스럽게 여겨졌던 날도 있었습니다. 내가 최초로 사랑에 빠졌던 여름이 그랬습니다. 첫사랑이 진행 중이던 열여덟의 여름은 그 어느 때보다도 사려 깊은 여름이었던 것 같습니다. 철저한 겨울형 인간인 내게도 다정하였으니까요. 빨갛게 익는 법은 알아도 검게 그을어지는 법은 몰랐던 나도 그해 여름에만큼은 적당히 건강한 모습으로 여물어갈 수 있었습니다. 쨍쨍하고 노골적이었던 햇볕도 누군가와 함께여서 마냥 두렵지만은 않았습니다. 찡그리는 날보단 웃는 날이 많아, 나도 좀 덜 못생겨질 수 있었습니다. 여름이 아름다울 수도 있구나, 그런 생각을 며칠에 한 번씩은 하던 여름이었습니다.

—

내년에야 보겠네

시간이라는 건 참 알다가도 모르겠어. 여름 무렵에는 왜 이렇게 더디게 흐를까 싶었는데, 잠깐 방심하는 사이에 벌써 연말이래. 겨울이 언제 시작된 건지도 기억이 안 날 만큼, 우리는 올해의 일월 일일로부터 까마득하게 멀어지고 있어. 올해 겨울은 지난 몇 번의 겨울보다 춥지 않아서, 롱패딩의 매출이 어느 때보다도 적은 겨울이래. 하지만 요 며칠은, 어쩌면 내 기분 탓인지도 모르겠지만, 몸을 움츠리게 되는 차갑고 매운 바람이 계속 불고 있는 것 같아.

이맘때면 사람들이 종종 주고받는 인사말이 있어.

"언제 또 만나?"
"아이고, 내년에야 보겠네."

그런 농담 섞인 인사말 말이야. 올해라고 해봤자 정말 며칠

안 남았으니까, 그 정말 며칠 안 남은 기간에는 다시 못 볼 것 같으니, 며칠만큼의 아주 가까운 미래인 내년에나 보겠구나, 그렇게 말하는 거잖아. 그런데 그 말속에는 또 되게 먼 미래의 뉘앙스도 섞여 있는 거잖아, 그래서 거기에서 오는 괴리감 때문에 그런 농담을 하는 거겠지?

있잖아, 나는 내년에나 보겠지, 이 농담을 꼭 네게도 건네고 싶다고 생각했어. 조금 더 명확하게 말하자면, '내년에는 볼 수 있겠지' 정도일까? 아주 조금 더 덧붙이면 '한 번쯤은' 말이야. 이제는 어디에 있는지, 또 뭘 하고 어떤 표정을 짓고 있는지도 알 수 없는 사이가 돼버렸지만 우리, 그래도 나는 그런 농담 같은 인사말에 약간의 그리움과 진심을 섞어서 꽤 담백하게 건네 보고 싶었어.

내년에나 보겠지, 이렇게 말하면 굉장히 막연하게만 느껴지다가도 또 가까운 언젠가 우연히 마주칠 수 있을 것만 같아.

있지, 우리 나란히 누워 있을 때 같이 들었던 다니엘 시저 노래 있잖아, 그거 이제 못 듣게 됐대. 아는지 모르겠지만, 가끔 그런 일이 있거든. 권리사의 요청인지 뭔지 때문에, 잘만 들을 수 있었던 노래를 하루아침에 못 듣게 되기도 하는 일이. 그래, 가끔 그런 일이 있을 수도 있는 건데, 나는 그게 왜 그렇게도 서운했던 걸까. 그냥 노래 하나 못 듣게 된 건데, 꼭 그때의 우리가, 나란히 누워서 놀고, 때론 입술을 포개기도 했던 우리가 통째로 사라지는 것만 같았던 거야.

 나는 음악을 들을 때, 보통은 음악 플랫폼을 켜고 '최근 들은 곡'을 임의 재생으로 들어. 그런데 이 최근 들은 곡이라는 목록이 딱 천 곡까지만 저장이 되더라고. 그러니까 내가 새로운 어떤 노래를 찾아 듣기라도 하게 되면, 그 목록에 있던 천 번째의 곡은 자리를 뺏기곤 영원히 밀려나, 어떤 데이터 값으로조차 남지 않고 사라져버리는 거야. 구백구십구 번째 곡이 새로이 천 번째의 곡이 되고.

 우리가 같이 들었던 다니엘 시저 노래는 지금쯤 몇 번째 곡으로 목록에 남아 있을까? 어쩌면 벌써 천 번 밖으로 밀려나 영원히 사라져버렸을까? 몇백 번대에 아직 남아있다면, 새로 한 번 꺼내 들어 다시 첫 번째 아이로 세워두고 싶지만, 그럴 순 없다는 걸 이제는 알아. 아니, 알아야만 하겠지. 들을 수가 없게 돼버렸잖아. 멀어지는 건 될지 몰라도 가깝게 둘 수는 없게 돼버린 거잖아. 그럴 때면 어쩔 수 없이 슬퍼져. 도저히 가질 수 없는 걸 갖고 싶어 하는 아이처럼 얼굴을 찌푸리게 되는 것 같아.

 어느덧 연말이야. 연말에는 참 나갈 일이 많이 생기는 것 같아. 나도 와글와글 혼잡스러운 곳은 별로 안 좋아하는데, 벌써 몇 번이나 송년 모임에 끌려가느라 고생이었어. 언젠가부터 좀처럼 가지 않았던 노래방에, 어울리지도 않는 와인 가게에도 들락거렸던 것 같네. 또 그러지 않은 날에는 마음을 다스리려고, 좀 쉬려고 미술관에 가기도, 좋아하는 것을 먹으러 돌아다니기도 했어. 맞아. 딱 네가 아는 그 표정과 난처함, 그리고 걸음걸이들로 요 며칠을 지냈던 거야. 너는 어땠을까? 아무래도 추위를 많이 타니까, 최대한 동네에서만 움직이는 나날이었을까? 솔이랑 빈이처럼 맨날 만나곤 했던, 나도 아는 친구들만 쏙쏙 골라서 만났을까? 또 노래방에 갔을까? 거기서 철이 아주 많이 지난, 오래된 노래를 불렀을까? 템포를 두어 개쯤 빠르게 조절해서? 왜인지는 모르겠지만, 어쩐지 그랬을 것 같아. 아니, 그랬으면 좋겠다고 생각해. 너도 딱 내가 아는 표정과 목소리, 또 움직임들로 요 며칠을 보낸 거였으면.

그러면 꼭 서로가 서로에게서 영원히 멀어진 건 아니라고 착각하게 되잖아. 최근 들은 곡 목록에서 천 번째 순서 밖으로 아직 퉁겨 나가지 않아서, 흔적으로나마 그리워해도 될 것만 같잖아. 서비스가 중지된 노래처럼 다시 만날 수는 없다고 하더라도 말이야.

알아, 언젠가는 우리 영원히 멀어지고, 우리가 함께일 때의 모습도 전부 잃게 될 날도 올 거라는 걸. 천 번의 목록 밖으로 서로를 밀어내는 날도 올 거라는 걸. 나는 새로운 미술관을 찾아 걷거나, 전혀 다른 취미를 갖게 될지도, 또 너는 내가 모르는 친구들과 내가 모르는 노래를 불러가며 시간을 보내게 될지도 몰라. 그런 생각을 하면 조금 많이 서글퍼져.

내년에나 보겠지. 정말이지 이렇게 말하면 굉장히 막연하게만 느껴지다가도 또 가까운 언젠가 우연히 마주칠 수 있을 것만 같아.

내년에나 보겠지.

내년에는 볼 수 있겠지. 어쩌면 한 번쯤은.

–

멀어진

핸드폰이 알려 주길래 전화 걸어봤어.
생일이라며. 맛있는 거 많이 먹어.
근데 우리가 언제 마지막으로 봤더라?

–

정말이지 멀어진

 멀어진 친구, 다섯 글자를 적고는 어딘지 모르게 어색한 느낌이 들어서 한참 동안 그 글자들을 쳐다봤어. 멀어진 이상 친구가 아닌 게 아닐까? 아니, 친구라는 말의 사전적 의미는 '가깝게 오래 사귄 사람', 그러니까 과거형이니까, 멀어지든 아니든 상관없는 걸까? 그런 생각을 한 거지.

 새해가 되고, 형식적으로나마 새해 인사를 건네기 위해 둘러본 주소록에는 네 이름이 있었어. 그리고 아주 오랜만에 지나가듯 인사를 해볼까 잠깐 고민했다가, 그냥 말았어. 어쩌면 너도 그랬을지도 몰라. 우리는 이제 말 그대로 멀어진 친구니까. 그래도 한때 정말 가까웠던 우리를 추억하는 일은 여전히 가끔 혼자 하곤 해. 우리는 노래방도 자주 다녔고(요즘은 거들떠도 안 보는 것 같아) 고등학생일 땐 독서실도 같이 다녔지. 피자를 시켜서 옥상에서 먹기도 했었잖아. 가끔 잘못한 게 있어서 교내봉사를 했을 때, 트레이닝복을 입고 껌을 떼러 다녔을 때도 몰래 체육관에서 매트를 펴고 낮잠도 잤지 아마. 어른이 돼서는 술과 담배를 함께하기도 했어. 한양대학교 정문에서 한양대학교 학생들인 것처럼 술을 마시고 밥을 먹고 커피를 마셨지. 여행을 그렇게 좋아하지 않았던 나도 너와 함께여서 여행을 즐길 수 있었던 것 같기도 해. 또 가끔 서로의 집에 놀러 가서 라면을 끓여 먹거나 영화를 보기도 했어. 몰래 아버님의 술을 꺼내 마셨을 때도, 다리 아래에서 불장난을 할 때도, 그러면 안 됐지만 참 재밌었어.

물론 마냥 좋기만 했던 건 아니었어. 우리는 어쨌든 정말 친한 친구긴 했지만 남은 남이었잖아. 그래서 어쩔 수 없이 다른 점들이 많았어. 성격과 입맛, 그날그날마다의 기분들. 내비치지 않았던 예민한 면면을 나도 모르게 건드려서 화를 내고, 상대는 또 무안해서 도리어 더 화를 내는 날도 많았어. 어느 날에는 둘이서 한 사람을 마음에 품느라 묘하게 어색해지기도 했던 것 같네. 하지만 친구야, 이제는 말할 수 있을 것 같아. 자존심이 이제 와서 무슨 필요가 있겠니. 그냥 우리는 어쩔 수 없었던 거야. 아무리 죽고 못 사는 친구여도 다른 건 달랐으니까.

우리는 조금씩 나이를 먹었고, 고등학생에서 스무 살이, 또 대학생이 됐지, 음, 우리 만약 같은 대학으로 갔다면 상황이 조금 달라졌을까. 그랬으면 우리의 물리적 거리가 가까워서, 또 관심사나 공유할 수 있는 일상이 그래도 조금 있어서(하다못해 둘 다 알고 있는 대학가의 식당이라도 있었겠지?), 어쩌면 더 오래 붙어 있을 수도 있었을 텐데. 하지만 우리는 물리적으로도 정서적으로도 먼 곳으로 떨어졌고, 그때부터 각자 다른 방향으로 걷기 시작했어. 서로 다른 걸 공부했고, 다른 걸 먹고, 다른 사람들과 어울렸지. 아마 그때부터였을 거야. 우리가 멀어지기 시작했던 건. 매일같이 만나던 우리는 일주일에 한 번, 아니면 이 주에 한 번 만나게 됐고, 점점 서로 다른 것들에 관해 이야기하고, 듣는 쪽은 그걸 신기해하는 척을 하기 시작했어.

한 번은 가족들과 월미도에 놀러 간 적이 있었어. 나는 거기에서 그 유명한 월미도 바이킹을 탔지. 원래 바이킹 같은 걸 좋아하니까 별로 무섭지 않을 거라고 생각했어. 타기 전에 봤을 때도 다른 바이킹들과 그다지 다르지 않아 보였거든. 그런데 정말 무서운 건 안전바 때문이었어. 관리가 허술했는지, 이게 다 내려와서 허벅지를 꽉 잡아주지 않고 삐걱삐걱,

덜컹덜컹 허술했던 거야. 당장이라도 놀이기구 밖으로 튕겨 나갈 것만 같아서, 그래서 나는 무서웠어. 딱 보기에도 관리가 잘 안 된 티가 났거든. 녹도 슬었고, 주변에 직원도 별로 없는 것 같았고. 아마 그 바이킹이 서울 한복판에 있는 거였다면, 타는 사람도 많고 관리도 자주 받는 거였다면, 조금 더 말끔하고 녹이 덜 슬었을 거라고, 그런 모습까진 아니었을 거라고 생각해.

나는 어쩌면 우리의 관계가 그곳의 그 바이킹 같은 게 아니었을까, 그런 생각을 해봤어. 서로가 가깝고 매일같았을 때는 우리의 친밀함이 잘 있나, 어디 씻겨 줄 곳은 없나, 누가 먼저랄 것도 없이 들여다봐 주어서 아주 좋은 모습이었던 거야. 그러다 서로에게서 멀어지고, 들여다봐 주는 주기가 길어지며 점점 녹이 슬고, 삐걱거리기 시작했던 거겠지.

별것도 아닌, 정말 친밀했던 과거에 그랬다면 당연히 장난으로 받아들여졌을 가벼운 말다툼 한 번으로 우리는 갈라섰다. 그러고 나서 이제는 그때로부터 오 년이 지났는지, 삼 년이 지났는지도 모르게 돼버렸어. 그래, 우리는 친밀함이라는 녹슨 바이킹으로부터 결국 사방팔방으로 튕겨 날아가 버린 거야.

당연히 그리웠어. 그리고 아마도, 아니, 확실히 너도 날 그리워했어. 하지만 이미 너무도 각자만의 새로운 세계를 구축하고, 또 거기에 빠져들어 열심히 헤엄치고 있는 우리는 서로를 다시 되찾을 엄두를 못 냈던 거겠지. 내가 잘못한 거라고, 또 네가 잘못한 거라고 잘잘못을 가릴 생각은 없어. 다만 그랬겠거니 하고, 조금 쓸쓸하게 생각하고 있을 뿐이야. 누군가는 이런 이야기를 들었을 때, '보고 싶으면 연락하면 되는 거지'라고 말하지만, 세상에는 말만큼이나 그렇게 단순하지만은 않은 일도 많더라. 너도 그렇게 생각하지? 그래도 넌 나와 가장 말이 잘 통하는 아이였으니까, 지금 내가 하는 말이 무슨 말인지 알 거야.

가끔은 우리가 매일매일 만나서 커피를 마시고, 또 술을 마시며 돌아다녔던 그 동네를 찾아가 보기도 했어. 어쩐지 궁금했거든. 시간이 이만큼 흘렀는데, 어떤 가게가 여전하고 또 어떤 가게가 사라졌는지가 말이야. 여전히 남아 있는 가게는 나의 여전한 몇몇 친구들처럼 반가웠고, 이미 사라진 가게의 터 앞에선 어쩐지 너를 생각했어. 어쩌면 당연한 일일까?

 정확히 어떤 순간이 그리운 건지는 모르겠어. 그때의 네가,
내가, 우리가, 그곳이, 그 가게들이, 그 순간들, 같이 먹었던
라면, 소주, 그런 것들이 가끔은 잡음처럼 나를 휘감았다가
금세 사라지곤 해. 그냥 그립다, 그런 감정만 흐릿하게 느껴
질 뿐이야. 지금 이렇게 편지를 쓰는 것도 그런 마음들 때문
이겠지.

 아무튼 그래. 내가 하고 싶은 말은 이런 것들이었는데, 혹시
넌 내게 하고 싶은 말이 있는지. 그건 좀 궁금하다.
어디서든 잘 지내. 언젠가는 농담처럼 마주쳐서, 또 농담처럼
인사를 주고받는 날도 왔으면 좋겠어.

 너의 오랜, 지금은 멀어진 친구가.

一

밥

 며칠 전에는 친구와 늘 그랬듯 시시콜콜한 카톡을 주고받았다. 일로만 엮여 있던 누군가와 밥을 먹었을 뿐인데, 갑자기 그 사람에게 마음이 생기더란다. 야, 나는 밥에 왜 이렇게 약한 걸까? 친구의 말에 나는, 밥을 나눠 먹으면 배도 부르지만 정도 부르지, 그렇게 대답했다.
 사실 그건 있어 보이고 싶어서 즉흥적으로 지어낸 말이었는데(우리는 종종 그러고 놀았다), 묘하게 맞는 말 같아서 나역시 내가 한 말임에도 몇 번을 곱씹었던 것 같다.

 같이 옷을 사러 갈 수도 있고 서점에 갈 수도 있고, 춤을 추러 갈 수도 있는 건데, 왜 하필 밥일까? 왜 보통 밥에서부터 마음은 싹트는 걸까? 아닌 사람도 있었지만 나를 비롯한 많은 사람은 누군가와 함께 밥을 먹으며 부쩍 친해질 수 있었고, 또 몇 번은 사랑을 꿈꾸기 시작하기도 했다. 살면서 몇십 번은 그게 궁금했고 그래서 그것에 대해 고민했다. 여전히 확실한 이유는 모른다. 다만 어렴풋이 알 것 같은 느낌만 스치는 거다.

 내 생각에 밥을 먹는 일은 사람의 가장 직관적인 행동 중 하나인 것 같다. 서로가 마주 보고 먹는 일은 더더욱 그렇다. 입을 벌려 나의 가장 여린 속살을 스스럼없이 보여주고, 거기에 서로의 취향에 의해 선택되고 만들어진 음식을 집어넣는 일. 음식의 맛과 가장 어울리게 조절된 온도를 느끼는 일은 밥을 함께 먹는 사람들 사이에 묘한 유대감을 갖게끔 하기에 충분한 행위 아닐까. 그러니까 가끔 누군가에게 다른 누군가와의 친분을 과시할 때, 우리 밥도 같이 먹은 사이야, 그렇게 말하기도 하는 거겠지.

 물론 타인과 함께 먹는 밥이 아닌 혼자 먹는 밥, 혼밥이더라도 밥이 주는 의미는 커다랗다.
 누군가가 자신의 어머니에게서 들었다는 말씀이 꽤 오래 마음속에 남아 있다.

"혼자 먹더라도 잘 먹어야 해. 그걸 본 사람들이 아, 저 사람은 스스로를 귀하게 여길 줄 아는 사람이구나, 그렇게 생각할 수 있도록."

*

나는 동료 작가들과 작은 카페를 하나 운영한 적이 있다. 작가들이 하는 카페인지라 책과 예술을 사랑하시는 분, 글쓰기를 즐기시는 분이 평소 많이들 찾아오시곤 했다. 하루는 손님 한 분이 가게를 나서기 전 말을 걸어오셨다.

"제가 위로에 관한 글을 쓰고 있거든요, 여러 사람에게 위로란 무엇인지에 대해 묻고 그 대답들을 모으고 있어요. 작가님께서는 위로가 뭐라고 생각하세요?"

나는 늘 혼자 생각하고 혼자 결론을 내리며 글을 풀어가는 편이라서, 그렇게 갑작스럽게 들어온 질문에 꽤 당황했다. 그리고 나도 모르게,

"좋아하는 음식을 마음껏 먹는 일이 위로가 되지 않을까요?"

그렇게 대답했다. 그 사람은 의미심장한 표정을 짓곤 가게를 나섰다.

그땐 '당최 그게 무슨 말이야? 나 왜 그렇게 말했지?' 싶었지만, 차분히 생각해보면 맞는 말이다. 적어도 나는 그렇다. 누구라도 붙잡고 나 오늘 이렇게 서러웠다고 털어놓고 싶을 때, 이불이라도 앙 깨물어 울고 싶을 때면 뜬금없이 떠오르는 음식이 몇몇 있다. 아, 지금 곱창볶음 먹어야겠는데? 샤브샤브 먹고 싶은데? 그렇게. 그리고 실제로 그럴 때 먹고 싶은 것을 먹으면 놀랍게도 기분이 조금 나아진다. 생각한 것보다도 더 괜찮아져서 민망하기까지 하다. 사람이 이렇게 단순해도 되나 싶고.

'소울 푸드'라는 말이 있다. 한국과 일본에서 원래의 뜻과는 다르게 '영혼을 흔들 만큼 인상적이며 어릴 때의 추억이나 삶의 애환 등을 훑는 음식'이라는 뜻을 지니게 된 말이다. 삶의 애환을 훑어주는 음식. 그래, 그만큼이나 제대로 된 위로도 없는 것 같다. 어떤 밥은 영혼을 살찌운다. '한국인은 밥심'이라는 말도 괜히 있는 게 아니다.

어쩌면 내가 수많은 인사말 중에서도 밥 먹었냐는 말을 좋아하는 이유도 그것 때문이겠지. 잘 지내셨어요? 그때 말씀하신 일은 잘 해결하셨어요? 그런 말들은 과거의 안부를 묻는 일이지만, 밥 먹었냐는 말은 어제도 일주일 전도 아닌 오늘의, 그러니까 지금의 안부를 묻는 일이니까. 너 지금 괜찮으냐고 물어봐 주는 일이니까. 이만큼이나 든든한 위로가 없는 거다.

\-

밤에 먹는 밥

밤에 누군가가 밥을 먹는 것을 보는 일은 곧 위로가 된다.

회현역 근처의 김밥천국과 교동짬뽕에서 혼자 또는 함께, 핸드폰을 내려다보며 혹은 떠들며 밥을 먹는 사람들을 보는 일은 내게 묘한 위로를 준다. 이 시간에 깨어 있는 사람이 나 말고도 더 있구나 하는.

또 맥도날드에서 급하게 햄버거를 욱여넣는 경비업체 사람들을 볼 때도, 카페에서 각자의 작업과 공부로 바쁜 사람들을 구경하는 일, 가끔 새벽길에서 마주치는 이들과 눈인사를 하는 일, 종종걸음으로 어딘가로 출근을 하는 이들, 뭔가를 열심히 하는 사람들을 보면 덜 외로워진다. 결국 나는 주변의 사람들로부터 닮음을 느끼고, 그러니까 나도 나름대로 행복하게 살고 있는 거라고 자위하며, 비겁하게 연명하고 있는 것이다. 이렇게도 연약하게.

청소

어느 날 아침, 나는 거울을 보며 어쩐지 내 얼굴이 언젠가 키웠던 토끼를 닮았다는 생각을 했다. 그 토끼는 아플 때 소리를 지르는 토끼였다. 나는 토끼에겐 목소리를 내는 기관 같은 게 마치 뱀처럼 없을 거라고 생각했는데, 뭔가를 잘못 밟아 발바닥을 다쳤을 때의 그 날카로운 울음소리를 듣고는 깜짝 놀랐었다. 토끼가 소리를 질렀던 건 그때 딱 한 번뿐이었다. 뒤로 토끼는 얼마간을 더 살았고, 사는 동안 늘 그랬던 것처럼 조용히 숨을 거뒀다. 그렇구나. 나는 아직도 그 토끼를 기억하고 있구나. 그렇게 생각했다. 충분할 정도로 아주 오래전의 기억이라 지워졌을 줄 알았는데, 아니었나 보다.

글을 쓰는 직업을 지녔다고 해서 나의 모든 것, 또 내가 알고 기억하는 모든 것에 관해 쓰는 건 아니다. 그 토끼에 대한 글은 한 번도 쓰지 않았다. 내가 어떤 자격을 지녔기에 그 아이의 소리 지름에 관해, 또 답답함과 아픔, 또 죽음에 관해 쓸 수 있을까. 앞으로도 내가 보살폈던 토끼 이야기는 위보다 더 자세히는 쓰지 않을 것이다.

하지만 책, 연재물, 기타 등등의 형태로, 나의 몇몇 아픔은 종종 상품이 된다.

나는 이상하리만치 기쁨과 슬픔을 내비치지 못하는 편이었다. 참 의젓해서 좋은 거라고만 생각했는데, 기쁨은 표현하지 않으면 기쁘지 않게 되고, 슬픔은 표현하지 않으면 안에서 숙성돼 더 독해진다는 것을 나중에야 알았다. 그래서 궁여지책으로 떠올려낸 해소법이 글쓰기를 통해 그를 풀어내는 것이었는데(이 방법은 내가 글 쓰는 삶을 살기 전부터 쓰기 시작했다), 몇몇 사람이 크게 공감을 해 주고, 심지어 칭찬까지 해 주는 것이 처음엔 그저 신기했다. 나아가 지금에 와선 이 지독하기만 했던 것들이 나의 밥이 돼 주고 술이 돼 주니, 가끔은 내가 이 아이한테 고마워해야 하나, 그런 생각을 하기도 한다.

하지만 아프고 슬픈 기억이 글로 쓰여 밥이 되고 술이 되는 것은 엄밀히는 최악보단 차악에 가까운 일이다. 그러니까 이 말이 무슨 말이냐면, 밥이 되고 술이 되기 전에 아픔과 슬픔이라는 것은 애초에 없는 편이 무조건 낫다는 말이다.

한땐 모든 걸 기억하는 사람이고 싶었다. 기억하고 싶은 것, 그리운 것에 관해 책을 쓰기도 했다. 또 글쓰기 강의에선 메모의 중요성을 역설하며, 인간의 기억력은 휘발성이 강해요, 그러니 되도록 온전하게 모든 것을 기억하기 위해 메모는 필수랍니다, 그렇게 말하곤 했다.

그런데 요즘은 그래서 내가 자주 괴로운 게 아닐까, 그런 생각을 한다. 좀 잊어버리고 잃어버릴 수도 있는 건데, 나는 체질적으로 좋든 싫든 잊지 못하며 물건 역시 잃어버리는 일이 없다. 버리는 일이 없다. 사소한 헤어짐이나 생선 잔가시 같은 말에 생긴 생채기들도 꾹꾹 마음 깊은 곳에 저장해두곤 했고, 그러다 그것들을 잘못 다뤄 마음이 곪는 일도 많았다. 물건은, 한숨부터 나온다. 다른 글에도 쓴 것 같은데, 나는 물건을 너무도 못 버린다. 그것들은 내 방 한구석에 아직도 수두룩하게 쌓여 있다.

그러다 보니 이제는 기억하고 싶은 것, 그리운 것을 헤아려 보기보단 잃어버리거나 잊어버린 것들을 세어보는 게 낫지 않을까 생각하는 지경까지 온 것 같다. 나는 무엇을 성공적으로 잃고 잊었을까, 또 앞으로 무엇을 잃고 또 잊고 싶어 하는 걸까. 지금 당장은 모든 내 기억하려 했던 노력들과 잊히지 못한 것들, 애매하게 잊힌 것들, 잃었다가 기어코 되찾은 것들이 뒤죽박죽되어 아무것도 알 수가 없다.

너무 많은 것을 기억하려 한 건 아닌지.
거울을 본다.
언젠가의 토끼처럼 그냥 소리라도 질러버리면 편해질까.
모르겠다.

몇 년 만일까, 눈 딱 감고 후련하게 정리해버리는 건. 어쩌면 태어나서 처음 아닐까. 조만간 아주 오래 버리지 못했던 것들을, 하루 이틀쯤 날을 잡고 버리러 가야겠다.

—

치유

다 괜찮아졌을 줄 알았다.

며칠 전 연애를 주요 소재로 삼은 어느 TV 프로그램을 보고 있을 때였다. 엄밀히는 보고 있다기보단 그냥 틀어 둔 채널이었다. 아마 누워서 감자칩을 먹으면서 핸드폰을 만지작거리고 있었던 것 같다. 나는 다른 일을 할 때도 TV를 들어두는 걸 좋아했으니까. 그날 그 프로그램의 고민거리는 애인의 바람기에 관한 것이었다. 결혼하기 전에 전 애인을 인사차 한 번만 만나러 간다고 나갔다가 연락이 두절된 애인, 걱정돼서 집 앞까지 찾아갔는데도 흔적을 알 수 없게 된 애인에 대한 장면이 나오고 있었다. 장면이 바뀔 때마다 패널들은 어우 그러지 마, 저건 너무 슬프다, 불쌍하다, 앓는 소리를 냈다.

갑자기 숨이 턱 막혔다. 아주 오랜만에 느끼는 고통이었다.

너무 뻔한 표현 같지만, 말 그대로 가슴이 너무 아픈 느낌.
뭐라도 토해내면서 울고 싶은데 아무 소리도, 물체도, 공기
도 토해지지 않는 느낌.

오래전 그날 밤에 나는 핸드폰을 부여잡고 있었다.
12월이었다. 우리는 크리스마스이브와 크리스마스에 내내
붙어 있기로 약속했었다. 하지만 이틀 내내 그 사람은 내게
머리카락 한 올조차 보여 주지 않았다. 나는 어디가 아픈 건
지 걱정이 돼서 그 사람 친구의 연락처까지 수소문했을 정도
로 여러모로 애썼다. 크리스마스가 다 지나고 나서야 그 사
람은 연락을 해왔다. 종잡을 수가 없을 정도로 갑자기 찾아
온 우울 때문이라고 했다. 그래서 이틀 내내 핸드폰도 던져
두고 방에서 잠만 잔 거라고. 나는 그래도 메시지 한 통쯤은
줄 수도 있는 거 아니냐고, 그래도 괜찮아졌으니 다행이라고
말했다.

그때 알았어야 했다. 실은 그 이틀 동안 내가 아닌 다른 사
람과 시간을 보내고 있었다는 걸. 상태 메시지에 적힌 남자
인지 여자인지 헷갈리는 이름이, 사실 친구의 이름이 아니라
내가 아닌 새 연인의 이름이었다는 걸. 그 사람의 친구들은

이미 어지간한 자초지종을 알고 있었고, 모르는 채로 당하고 있었던 건 나뿐이었다는 걸. 그 잠이 그 잠이 아니었다는 걸. 나는 감쪽같이 몰랐다(어쩌면 찜찜함을 애써 외면했던 건지도 모른다). 그 모든 것이 하나씩 떠올라 퍼즐 맞춰지듯 들어맞았던 날 밤, 그날 밤에 나는 핸드폰을 부여잡고 있었다. 그럴듯한 변명이나 하다못해 미안하다는 말이라도 날아오길, 혼자 중얼거리고 있었다.

자신도 모르는 사이에 누군가로부터 버림받는 기분은 아주 비참하다. 겪어보지 않은 사람은 전혀 상상도 못 할 만큼. 내가 어두운 방에 앉아 가만히 있을 때 그 사람은 다른 누군가와 행복한 시간을 보내고 있다고 상상하기 시작하면, 그 상상을 멈출 수 없게 된다. 나와 함께 먹었던 것을 똑같이 먹는 모습, 똑같은 웃음, 똑같은 걸음걸이로 좋은 곳에 있는 모습, 조용한 방에 내가 아닌 사람과 누워 있는 모습 같은 것들. 숨을 쉴 수 없게 된다.

아주 오래전, 마음에 작은 병 같은 게 생겨 전철을 타기도 힘들었던 때, 두어 개의 역을 지날 때마다 한 번씩 내려 숨을 쉬어 줘야 하고 밤에 잠을 잘 때도 불 꺼진 방의 벽과 천장이 점점 좁아지는 느낌에 괴로웠던 때에도 꼭 이런 느낌이었다. 아무런 소리도 또 울음도 나오지 않지만, 가슴이 너무 아프고 숨도 쉬어지지 않아 몸을 흔들고 주먹으로 몸통을 두드릴 수밖에 없었다.

헤어진 다음 날, 사랑이 끝났다고 세상도 끝나는 것은 아니었다. 그러니까 일상생활은 또 일상생활대로 이끌어나가야 했다는 말이다. 나는 얼굴을 가리고 일을 하러 나갔다. 나의 세계는 그 사람 하나만 빼고 다시 시간과 함께 굴러가기 시작했다. 그렇게 한 달이 지났고 나는 10킬로그램이 넘게 살이 빠져 있었다. 나를 끔찍이 생각하는 사람들이 나를 살리려 밥을 먹였다. 나의 세계는 계속, 착실히 또 꾸역꾸역 미래를 향해 굴러갔다.

그때의 난 스스로를 '재활 불가능의 사람'이라고 생각했다. 누구도 마음에 들이지 못했고, 아주 낮은 확률을 뚫고 누군가 내 곁으로 돌파해 들어왔을 때도, 이 사람도 언젠가는 나를 속이고 내가 아닌 사람에게 가버릴 것이라는 두려움에 그를 내쫓을 수밖에 없었다. 만성질환처럼 불쑥불쑥 치밀어 오르는 그 사람 생각, 또 그 사람 얼굴과 목소리에 싫다고 생각할 수도, 또 마음껏 보고 싶다고 생각할 수도 없어 괴로웠다. 아, 이제 나는 영영 끝나버린 거구나, 스스로를 그렇게 여겼다.

 그렇게 3년이 흘렀다. 그러는 동안 나는 이십 대에서 삼십 대가 됐고, 다시 몇 명의 새로운 사람이 내 곁을 스쳐 가기도 했다. 2017년의 그 사람이 내 SNS를 염탐하다 실수로 누른 팔로우 알람을 보고도 피식 웃어넘길 수 있었다(팔로우는 몇 초 뒤에 후다닥 취소됐다). 일 년 남짓한 꽤 길고 느긋한 연애를 할 수도 있었다.

물론 위에서 말한 것처럼 여전히 아주 가끔은—바람피움과 관련한 것을 접하거나 그런 이야기를 들을 때는— 기습공격이라도 당한 것처럼 괴로워지기도 하지만, 그래도 이제 나는 몇 년 전처럼 스스로를 재활 불가능의 사람이라고는 생각하지 않는다. 또 지금 이 소재로 글쓰기를 하는 것도 처음은 아니었기에 쓰는 동안 괴로움을 느낀다거나 쉬어가야 하지도 않았다. 누군가는 이제 이런 건 그만 좀 쓰라며, 스스로를 갉아먹지 좀 말라며 걱정의 말을 건네기도 했지만(물론 고맙다), 나는 이런 글쓰기 역시 내가 조금씩 괜찮아지기 위해 꼭 필요한 과정이라고 생각하기로 했다.

나는 조금씩 괜찮아지고 있다.

–

Love wins

언젠가 너무도 이성적이고 합리적인 외계종족이 지구를 침
공하려고 할 때에도, 우리는 사랑의 대가 없음과 예측 불가
능함, 사랑스러운 비효율로 그들의 계획을 엉망으로 만들고,
끝끝내 그들을 몰아낼 수 있을 것이라 믿는다.

사랑은 언제나 아름답고 또 언제나 이긴다.

—

파도에 관해

 바다로 가는 기차에서, 밤 열한 시 막차를 타고 가는 건데도 어쩐지 신이 나고 마음이 붕 떠서 메모를 한다. 내일과 모레 동해시의 일기예보에는 비나 눈 소식이 없었지만, 내릴 때쯤엔 눈이 오고 있었으면 좋겠다고 생각한다. 지금 나는 동해시의 묵호항으로 가고 있다. 왜 동해시는 이름도 동해東海시일까. 그만큼이나 근사한 바다를 지녔음에 자랑스러워서 그렇게 이름을 지은 걸까. 정말이지 다른 건 몰라도 동해의 바다 빛은 그 어느 쪽의 바다보다도 푸르긴 하니까.

 생각해보면 나는 늘 물을 좋아한다고 말하고 다녔으면서(그게 비 오는 날의 웅덩이가 됐건, 호수건 강이건 바다건 상관없이), 그만큼 바닷가엔 많이 가지 못했던 것 같다. 바다에 갔던 기억을 곰곰이 헤아려보니 정말이지 몇 개의 기억만 떠오르곤 그다음의 기억은 없다. 어쩌면 내가 벌써 잊은 기억도 몇 가지 있는 건지도 모르겠지만.

*

 내 최초의 바다는 아마 남해였을 것이다. 아버지는 남해의 거금도라는 섬에서 나고 자랐는데, 그가 성인이 되어 상경하고 나서도 나의 조부모는 줄곧 그곳에서 지내셨다(물론 지금까지도). 명절이었는지, 아니면 그냥 어쩌다 간 거였는지는 기억이 분명하지 않지만, 어쨌든 첫째 큰아버지의 구형 그랜저를 타고 그 섬에 갔을 때의 그것이 내 머릿속에 남아 있는 가장 오래된 바다이다. 차를 실을 수 있는 카페리호에 올라 창 바깥의 바다를 보았고, 얼마 지나지 않아 나는 아버지와 그 아버지의 섬에 내렸다.

 그 무렵에는 마침 태풍이 섬을 지나고 있을 때라 비가 바람에 휩쓸려 거의 가로 방향으로 휘날리고 있었다. 나는 이런 날씨에 집 밖으로 나가면 그게 누가 됐건 날아가버릴 거라고 생각했다. 그런데 별안간 아버지가 삼촌, 또 큰아버지들과 함께 낚싯대를 챙겨 집을 나서려 하시는 거였다. 나는 아버지가 죽을까 봐 크게 걱정했는데, 아버지는 크게 웃으며 이런 날에 잡히는 물고기가 커다랗다고 말씀하시곤 그대로 집을 나섰다. 그날 그 날씨에 아버지들이 잡아 오신 물고기는 정말이지 내가 본 것 중 가장 큰 것들이었다.

태풍 속으로 사라졌다가 다시 그를 뚫고 나타났던 그때 내 아버지의 모습은 내가 기억하는 가장 강하고 젊은 그의 모습으로 여전히 남아 있다. 지금은 이십 년 남짓한 세월을 몸으로 맞으며 암 투병도 하고 허리와 무릎을 다치기도 하느라 많이 나약해지셨다. 다시 태풍이 짙었던 그날의 모습을 볼 수는 없게 돼버린 거다.

두 번째 바다의 기억은 인천 어느 섬에서의 기억이다.

변변한 여름휴가 한 번 가본 적 없었던 우리 가족은(가족이라고 해봤자 부모님과 나, 셋이다) 큰맘 먹고 인천의 어느 섬으로 휴가를 떠났다. 그때 내 나이가 열 살 남짓했으나, 나는 마냥 파랗고 넓고 깊고, 시야에 무엇 하나 거슬리는 게 없는, 만화에서나 보던 그런 멋진 바다를 상상했다. 그때의 난 서해는 물이 탁하고 동해는 파랗고, 어디는 섬이 많고 또 어디는 없고 하는, 그런 각 바다의 특징을 몰랐으니까. 맨 처음 섬에 도착했을 때, 나는 눈앞에 보이는 바다가 내가 생각했던 모습이 아니라 적잖이 실망했던 것 같다.

밤에는 셋이서 밤바다를 보러 나갔다. 밤바다에서는 젊은 남자들이 낚시를 하고 있었다. 제법 잘 잡히는 모양이었다.

아빠, 나도 물고기 잡아줘, 나는 투정을 부리기 시작했고 아빠는 당황스러워 보였다. 해변의 구멍가게에서 오천 원짜리 대나무 낚싯대를 사서 낚시질을 해보았지만, 그런 걸로 물고기가 잡힐 리 없었다.

우린 왜 안 잡혀? 나는 점점 더 크게 칭얼거리기 시작했고, 아버지는 잠깐 생각하더니 훌쩍 어딘가에 다녀오셨다. 그가 돌아왔을 때 그의 손에는 손가락 두 개 크기쯤 되는 물고기가 들려 있었다. 자, 잠들어 있는 아이야, 아버지는 그렇게 말하며 그걸 내게 건네셨다. 나는 신이 나서 그 아이를 플라스틱병에 물과 함께 담았다. 나는 조금 더 나이를 먹고 나서야 그때 나의 아버지가 낚시를 하던 젊은이들에게 가서 죽은 물고기 한 마리를 얻어왔음을 알았다.

숙소에 가자마자 세숫대야에 물고기를 풀어주었다. 그 아이는 여전히 배를 까고 누워 있었다. 잠이 많은 아이구나, 내일 아침엔 꼭 인사하자, 나는 그렇게 말하고 욕실에서 나왔다.

그날 밤 우리 가족은 트럭에서 파는 전기구이 통닭을 한 마리 사 와서 나눠 먹었다. 그건 조금 작긴 했지만 정말 맛이 좋았다. 한 마리 더 사다 먹을까? 우리는 그렇게 한 마리를 더 사다 먹었다. 마지막으로 한 마리만 더? 우리는 깔깔 웃으며 다시 숙소를 나섰다. 결국 그날 밤 우리 가족은 통닭을 세 마리나 먹어 치웠다.

다음날 나는 눈을 뜨자마자 화장실로 달려갔다. 물고기 때문이었다. 잠에서 깨어 있을 줄 알았던 그 아이는 여전히 배를 까고 있었다. 나는 펑펑 울며 아빠가 나를 속였다고, 이제 아빠 같은 건 싫다고 했다. 그때 아버지의 표정이 어땠는지는 잘 기억나지 않는다.

물고기를 못 잡아주는 마음, 그래서 얻어올 수밖에 없었던 마음, 나를 속여야 했던 마음이 어땠는지를 나는 서른쯤이 돼서야 조금 알게 됐다. 바다가 꼭 파랗고 깊은 동해가 아니어도, 물고기가 아예 없거나 죽은 물고기를 갖게 돼도, 작은 통닭을 나눠 먹을 수 있는 여행이라면 그걸로 충분하다는 것도 이제는 안다. 우리가 언제 그 섬에 다시 가볼 수 있을까, 어쩌면 앞으로 영영 못 갈지도 모르지만, 아직까지도 문득 그 섬이 아른거릴 때가 있다.

열여덟에서 스물하나 사이에서의 바다에 관한 기억은 첫사랑과의 기억, 친구들과의 추억들로 칠해져 있다. 첫사랑과 함께 떠난 수학여행에서 제주도 바다를 본 일, 스물과 스물한 살 사이에서 마음 맞는 친구들과 속초에 갔던 일들은 여행을 좋아하지 않았던 내게 제법 즐거운 추억으로 남아 있다. 이제는 볼 수 없게 된 사람도 몇몇 있지만, 그들 역시 그때의 나와 우리의 바다를 종종 떠올리기도 할 거라고 믿고 있다. 그러면 그걸로 아무래도 괜찮게 돼버리는 것 같다. 멀어지긴 했지만, 추억이 있으니까 그걸로 좋은 거라고.

 집이 서울에서 안산이 되고, 오이도라는 비교적 가까운 바다를 얻게 된 뒤로는 전보다는 자주 바다에 갈 수 있었다. 비록 화려한 면면은 없는 바다였지만, 사랑으로부터 배신당했을 때, 몸이 무너질 대로 무너졌을 때, 그 소박한 바다는 내가 괜찮아질 수 있게 은근한 응원과 위로를 주었다.

 되짚어보니 내 바다의 기억에는 뭐가 그렇게 걱정스럽고 서럽고 가난하고 아프고 외롭고 사랑스럽고 즐거웠고 또 화나는 것들이 많았나 싶다. 어떤 날에는 서해의 그것처럼 움직임이 거의 없이 풀죽어 있었고 어떤 날에는 동해의 그것처럼 화를 내거나 누구에겐가 무엇에겐가 미쳐 있었다.
 누구에게나 바다가 지니는 각각의 의미라는 게 있겠지만,

나는 늘 바다로부터 나를 비추는 거울 같은 것을 찾기 위해 애썼던 것 같다. 그 바다가 어디의 무슨 바다이긴 간에 그것으로부터 나를 닮은 모습을 찾고, 닮은 존재가 있어서 조금은 덜 외로워지길 바랐던 거겠지.

*

새벽 네 시 반에 묵호항에 내려서는 바다가 나올 때까지 계속 걸었다. 저 멀리에서 방파제 위로 하얀 물보라가 일고 있었다. 파도가 제법 크고 매서웠다. 조금 더 다가가서 보니 정말로 그랬다. 밤바다는 묵호라는 이름에 걸맞게 무시무시한 검은색이었고 파도가 높고 빨랐다. 나는 늘 그랬듯 거기에서 나를 닮은 모습을 찾아보려 애썼는데, 이상하게 그게 조금 어려웠다. 마음속에서 분노나 무시무시한 소용돌이, 광기 어린 사랑 같은 게 하나도 느껴지지 않았다. 나는 어쩐지 짜게 식어서, 또 무안해져서 민박에 들어가 소주를 마셨다.

해가 뜰 때쯤 창가에서 본 바다는 아주 부드러워져 있었다. 물의 남색과 하늘의 남색 사이에 금색 띠가 그어져 있었는데, 나는 내가 지금껏 본 바다의 모습 중 지금의 바다가 가장 아름답다고 생각했다. 정말 아름다웠다. 그리고 또 당연히 그 바다로부터도 나를 닮은 모습을 찾을 순 없었다. 저 정도로까지 아름다운 건 내 안에 없었다.

　점심을 먹고 커피를 마시며 본 일월 묵호의 바다는 여전히 알 수 없는 모습이었다. 알 수 없어서, 또 나와 닮은 모습을 찾기 어려워서 몇십 분 내내 멍하게 보기만 했다. 미술관에서 커다란 그림을 보듯, 넓은 시야로 전체적인 모습을 보기도 하고 어느 한 부분을 꼬집어 그곳만 보기도 했다. 그런데 더 자세히 보니 한 지점 위를 덮쳐오고 또 빠져나가는 파도의 속도와 크기가 전부 다른 것이었다. 그래, 당연히 그랬겠구나, 멍청하게도 나는 지구 위의 모든 파도가 같은 모양과 속도로 영원히 들어오고 나가기를 반복하는 줄 알고 있었던 거다.

　어딘가로부터 또 무엇으로부터 나의 의미를 찾고, 또 삶을 살아가는 것도 사실은 그런 것 아닐까. 파도의 모양이 다 다름을 아는 일 같은 것. 어떤 건 크고 어떤 건 작고, 어떤 건 이곳에 닿기 전에 성급하게 부서지고 다른 어떤 건 기어코 여기에 닿아 하얗게 부서지고 빛나리라는 것을 아는 일. 크고 작은 성공과 실패가 있을 것이고 내게 다가오다 성급하게 돌아가는 사람, 기어코 닿아서 하얗게 부서질 것처럼 껴안을 사람도 있을 것이라는 걸 아는 일.

　이번 바다에서는 거울을 찾는 일을 쉬어도 좋을 것 같다. 내 모습을 찾기 위해 아등바등하지 않아도 그저 받아들이는 것으로 충분하겠다고 생각한다. 비록 눈은 오지 않지만, 이건 또 이것대로 괜찮다고 여기기로. 그러니까 파도의 모양이 다 다름을 아는 일처럼 말이다.

‒

똥개

누군가의 촌스러운 똥개는 누군가만을 위한 방향으로 앉는다. 저 집 안쪽에 당신께서 앉아 계시거나 웃고 계시겠거니 하고. 멍청한 표정이나 짓고, 밤에 기침 소리라도 들리면 두어 번을 모르게 앉았다가 일어나고, 누군가의 여덟 시와 일곱 시의 출퇴근을 반가워하고. 누군가의 똥개라서 행복하다고 꼬리나 흔들면서. 개에겐 비싼 인간의 하루하루를 흔쾌히 지불하면서. 촌스럽게 헥헥거리며.

우리 아가

 작은 앵무새를 키우고 있다. 그 아이의 품종(품종이라는 말
은 왠지 폭력적이라는 생각을 자주 한다. 살아 있는 존재에
게 '물품의 이름'이라니)은 사랑앵무인데, 꼬리를 포함한 몸
의 길이가 20센티미터도 되지 않는 작은 종류다. 꽤 오래 집
에서 함께해 와서, 이제는 언제부터 이 아이가 우리 가족과
함께해왔는지도 가끔은 알 수 없게 돼버린다.

 이 아이는 말 그대로 나와 함께 같은 집에서 살고 있는, 생
활하고 있는 '가족'이다. 아침 아홉 시쯤 일어나 기지개를 켜
고(새들은 기지개를 켤 때 날개를 한쪽씩 쫙 펼친다), 몇 번
크게 목소리를 내곤 집 곳곳을 날아다닌다. 아침밥을 충분히
먹고 드레스룸의 거울이랄지 햇볕 좋은 방의 유리창 같은 곳
에 비친 자신의 모습을 구경한다. TV 앞에서 TV의 소란스
러움을 따라 하기도, 한가로운 두세 시쯤엔 노곤노곤 낮잠을
자기도 한다. 저녁이 되면 저녁밥을 먹고 하품을 한다. 밤 열

한 시쯤이 되면 몸이 확연히 둔해지는데, 그때 손가락 위에 올려 새장 안에 넣으면 얌전히 따른다. 잠들기에 가장 좋은 위치를 찾아 자리를 잡는다. 새장 위에 얇은 담요를 덮어 주면, 따뜻해서 좋다는 뜻인지는 몰라도 짧게 짹 소리를 내며 잠이 든다. 그래, 말 그대로 나와 함께 하루하루를 사는 중인 거다.

요즘은 부쩍 이 아이가 떠나갈 날을 생각하게 된다. 날아다니다가 어디에 부딪혀서, 싱크대 같은 곳에 빠져서, 독감 같은 것에 걸려서, 또 어딘가에 깔려서 어떻게 돼버리는 게 아닐까, 그런 생각들을.

어제는 어머니께서 아버지께 하시는 말씀을 들었다. 얘 언니들 다 죽었대. 늙어서 죽어버렸대. 그런 내용이었다. 아, 소개를 하지 않았는데, 이 아이는 몇 마리의 자매들 중 한 마리다. 한 마리는 이모가, 다른 한 마리는 이모의 이웃이 키웠다던가. 아무튼 그 자매들 중 한 마리가 아주 새끼일 때 우리 집으로 와서 자라게 된 건데, 글쎄 그 따로 길러지던 언니들이 다 죽었다는 말이었다. 물론, 아직도 이렇게 팔팔하게 날아다니는 아이가 조만간 죽어버릴 거라는 느낌은 들지 않았지만, 나는 그래도 아주 조금은 더 무서워졌다. 그래, 태어났으니 언젠가는 떠나는 날도 오겠지. 몇 년 전에는 그런 생각을 한 번도 하지 않았는데, 나는 그 아주 단순한 자연의 섭리를 까맣게 잊고 있었던 거다. 우리 아가는 조금만 더 있어 주라, 알았지? 어머니께서 하시는 말씀이 다시 들려왔다.

언젠가의 이 아이가 떠나고 난 뒤의 나날을 상상한다. 오랜 세월 동안 그토록 당연했던 것들, TV 앞에 흩뿌려진 참깨나 좁쌀 같은 것들, 털갈이를 하느라 빠져 있던 노란 깃털, 반짝이는 것을 가지고 노는 목소리, 신이 나서 어딘가로 날아가는 파닥파닥 소리 같은 것들이 없어진 집을. 무균실처럼 깨끗하고 깔끔하며, 어떤 스튜디오처럼 정숙한 그런 집을. 나는 울게 되겠지. 울게 되는 건 당연하다. 얼마나 울 것인지를 생각하는 게 맞겠지. 나는 얼마나 울게 될 것이며, 우리 부모님은 얼마나 조용한 나날을 보내게 될까. 조그만 아이가 눈앞에서 아양을 떨고, 배가 고프면 어깨 위로 날아와 앉아 내는 끙끙 앓는 소리를 못 듣게 되는 일은, 얼마나 괴롭고 무의미할까. 그런 생각을 하면 한없이 괴로워진다. 가끔은 처음부터 이 아이를 안 키웠다면, 이런 아픈 상상을 하는 일도 없었을 텐데, 그런 생각이 들 만큼.

언제 어떻게 떠나든, 나는 내 손바닥 위에 내 손바닥보다도 작은 이 아이를 올려두고 작별 인사를 나눌 것이다. 눈을 살며시 감고 아주 깊게 잠든 것처럼 가만히 있는 모습은 아마 평생 동안 잊히지 않을 것 같다. 벌써부터 세상이 필요 이상으로 조용하고, 깨끗해지는 것만 같아 두렵다.

어디선가 들은 말이 있다. 강아지는 무지개다리를 건너간 뒤에, 천국의 입구 같은 곳에 앉아서는 몇 년이고 몇십 년이고 주인이 올 때까지 기다린다고. 마침내 주인이 이승을 떠나 천국으로 오면, 가장 먼저 꼬리를 흔들며 달려가 그를 맞아주는 거라고.

나는 비단 강아지뿐만 아니라 생명이 붙어 있었던 모든 존재가 그럴 것이라고 생각한다. 아니, 그렇게 믿고 싶다. 그러니까 내가 언젠가 키웠던 작고 힘없던 화분도, 결국엔 흙으로 돌아갔지만, 사실은 천국을 이루는 정원이랄지 공원, 화단 같은 것들의 일부가 되어 있을 것이라고. 고양이도, 사슴벌레도, 거북이도, 금붕어도, 다 각각의 무지개다리를 건너 천국의 구성원이 되어 있을 거라고. 그러니까 이 작은 날짐승이 언젠가의 언젠가 이승을 떠날지라도 영원히 이별하는 것만은 아니게 되는 거라고 믿고 싶어지는 거다.

 잠을 양껏 자고 맞는 모든 아침은 상쾌했지만, 그중에서도 내가 가장 좋아하는 일어남의 방식은 창밖에서 들려오는 새들의 소리를 들으며 맞는 것이었다.

 그랬으면 좋겠다. 내가 세상을 양껏 살아내고, 기분 좋은 잠을 잔 것처럼 웃으며 하늘에서 눈을 떴을 때, 이 아이가 가장 사랑스러운 소리를 내며 내 어깨 위로 날아와 주었으면 좋겠다.

 하지만 그전까지는, 어머니 말씀처럼,

 우리 아가는 조금만 더 있어 주라, 알았지?

—

겨울, 겨울

절기상으로 약 한 달 뒤쯤이면 입동, 겨울의 시작이다. 하지만 나는 겨울이 오기 한 달 전에, 세상의 흐름보다 조금 더 이르게 겨울의 것들을 생각한다. 늘 이렇게 겨울을 손꼽아 기다리곤 했다. 분명한 이유는 알 수 없어도 이상하게 겨울이 좋았다. 호빵과 군고구마, 어묵과 계란빵 같은 것들이, 솜옷과 이불, 따뜻한 차, 눈과 고드름과 입김, 가시처럼 돋아나는 나무들, 더 창백해지는 내 피부가, 겨울이면 떠오르는 음악과 영화들이 오래전에 헤어졌던 사람을 만나는 것처럼 반가웠다.

저 멀리 보이지 않는 곳, 다른 대륙으로부터 겨울이 천천히 오고 있는 거겠지, 그렇게 가만히 생각을 이어가며, 내가 기억하는 최초의 겨울은 언제였는지를 되짚어본다. 그게 아마 두 살 때쯤이었지. 그때 나는 춘천에 있었다. 부모님으로부터 전해들은 이유는 잊어버렸지만, 서울에서 태어난 나는 거의 태어남과 동시에 춘천으로 움직여 몇 년을 살았다. 어떤 이는 믿지 못할 수도 있지만, 나는 그해 첫 겨울을, 내 눈에 가장 많은 빛이 들어왔던 날을 기억한다. 그때 나는 예슬이라는 이름의 동갑내기 옆집 아이와 나란히 유모차에 앉아, 온 세상에 깔린 눈을 보고 있었다. 아마 그날 내 눈이 받아들일 수 없는 양의 하얀 빛이 나를 덮쳐 와서, 내 눈의 너비가 조금 늘어난 걸지도 모르겠다는 생각을 한다. 그만큼이나 그것은 충격적인 장면으로 지금까지 내 머릿속에 남아 있다.

또 몇 년이 지나 아주 좁은 마당이 있는 집에 살았을 때의 겨울도 기억이 난다. 일곱 살 때쯤이었던가, 나는 낡은 보일러가 터지는 바람에 방 한가운데에 앉아 오들오들 떨어야만 했다. 며칠을 그렇게 솜옷을 입고 버텼던 것 같다. 그 며칠 동안, 엄마와 나는 다른 때보다도 자주 집 밖으로 나가 우동을 사 먹었다. 구리 료헤이 작가의 〈우동 한 그릇〉에서 그랬듯 우동 한 그릇을 둘이서 나눠 먹었는지는 잘 기억이 나지 않지만, 참 소박했던 나날이었던 건 확실하다.

그 좁은 마당집에 살기 전이었던가, 아니면 다음이었던가는 분명하지 않지만, 반지하 집에 세 들어 살았던 어느 겨울에 나는 몇 년째 집에 오지 않는 아버지를 매일 기다리기도 했다. 가세가 기울었던 탓에, 또 여러 이유로 아버지는 몇 년 집을 비우셨는데, 그때의 나는 그 어느 때보다도 아버지가 필요했던 아이였다. 내 작은 방에는 창문이랍시고 뚫린 작은 구멍이 하나 있었다. 나는 엄마조차 밤늦게까지 일하느라 없었던 집에서, 라면을 끓여 먹다가, 또 TV를 보다가, 컴퓨터 게임을 하다가도 몇 번씩은 그 작은 창문을 바라봤다. 누군가의 발목만 계속 스치는 창밖을 보며, 보일러가 점화되는 소리를 들으며, 그게 혹시 아버지의 발목인가, 발걸음 소리인가 싶어 똥개처럼 귀를 세우고 고개를 돌렸다.

그 무렵의 크리스마스 날엔 아버지로부터 크리스마스 카드를 받았다. 기억이 아주 또렷하진 않다. 어머니가 아버지로부터 받아 전해 준 것인지, 아버지가 창문을 통해 내게 몰래 준 것인지도 기억나지 않는다. 하지만 그 크리스마스 카드의 형태는 아직도 분명히 머릿속에 남아 있다. 내장된 꼬마전구들이 깜빡이고, 단음으로 울리는 이름 모를 캐럴이 들려오는 카드. 그 한가운데엔 아빠가 많이 보고 싶고 미안하다는 내용의 글씨들이 적혀 있었다. 크리스마스가 지나고 늦겨울도 지나고, 다음 해의 여름이 와도 나는 가끔 그 카드를 아버지와 통화를 하듯 펼쳐보곤 했다.

기억은 요 몇 년 사이의 겨울까지 거슬러 올라온다. 최근에는 거리를 뒤덮을 정도로 눈이 많이 오는 겨울은 없었던 것 같다. 하얗고 춥고, 또 그러면서도 눈에 보이는 것들은 소복소복 따뜻해지는 겨울은 흐릿해지고, 대신 묘한 술 냄새가 풍겨오는 것만 같다. 나는 유독 겨울에 더 자주 취했다. 그래서 어머니가 떠 준 목도리, 언젠가의 애인이 사 준 목도리를 나도 모르는 사이에 잃어버리곤 했다.

막상 이렇게 나의 지나간 겨울들을 되새겨보니, 딱히 즐겁다거나 기쁜 기억들은 떠오르지 않는다. 게다가 온통 확실하지 않은 기억들로만 점철돼 있다. 그런데 나는 왜 겨울을 좋아하는 걸까? 왜 누가 가장 좋아하는 계절이 무엇이냐 물을 때마다 겨울이라고 자랑스럽게 말하는 걸까?

여러 이유가 있겠지만, 아마 겨울이 그나마 내가 가장 솔직해질 수 있는 계절이기 때문이 아닐까, 그렇게 생각한다. 봄과 여름, 그리고 가을엔 세상 사람들이 집에 얌전히 있으면 큰일이라도 날 거라는 듯 밖을 돌아다닌다. 이 좁은 나라에

갈 곳은 왜 그렇게 많고 먹을 것도 어쩌면 그렇게 많은지, 그들의 분주한 일상을 구경하는 것만으로도 나는 그만 피곤해진다. 하지만 겨울엔 거의 모든 사람이 특별한 일이 없다면 집 안에서 시간을 보낸다. 그리고 반대로 나는 그제야 솔직해질 수 있었다. 의미 없이 거리를 걷는 사람이 없어서, 오히려 나는 의미 없이 거리를 걷고 마음껏 짓고 싶은 표정들을 지을 수 있었다. 어린 날엔 아빠가 보고 싶으면 보고 싶다는 표정을 지을 수 있었다. 아빠가 있는 녀석들이 짓는 표정은 볼 일이 없었다. 걔넨 어차피 따뜻한 집 안에 있을 테니까. 그렇게 생각하면 나는 마음껏 골목 곳곳에서 아빠를 그리워할 수 있었다. 또 술에 취하면 못생겨지는 얼굴 따위는 신경 쓸 필요도 없이, 눈을 반만 뜨고 걸어 다닐 수도 있었다. 마음껏 취해도 스스로 용서가 되는 계절이었던 거다. 눈물은 물이면서 웬만하면 얼지 않고 계속 흘렀고, 얇고 하얀 피부의 아래로 가끔 내 피가 흐르는 걸 내 눈으로 볼 수도 있었다. 따뜻하고 기쁜 소식은 드물었지만, 그나마 내가 가장 솔직해질 수 있는, 마음 놓고 숨 쉴 수 있었던 나날, 겨울, 겨울.

　가장 최근의, 그러니까 2018년 끝자락과 올해 초입의 겨울에도, 나는 남들과 다르게 눈만 뜨면 집 밖으로 나가고 싶었다. 이른 아침에 눈을 뜰수록 그랬다. 세상에서 가장 먼저 집 밖으로 나온 사람이 되어, 혹시 쌓였을지 모를 눈을 가장 먼저 밟고 싶었다. 그 정도의 욕심은 품고 싶었다. 온통 하얀 세상을 직선과 곡선을 그리며 까맣게 밟아 나가고 싶었다. 그러면, 영화 〈미술관 옆 동물원〉의 춘희의 표현을 빌려 '부자가 된 기분'을 느낄 수 있을 것 같았다. 또 가끔은 그 하얀 눈밭 위에서 피를 조금 흘려보고 싶다는 생각을 해보기도 했다, 도대체 왜 피인지는 지금도 잘 모르겠지만. 그냥 몇 번 내 눈으로 본 적 없었던 내 피를 하얀 배경을 통해 '조금 더 분명하게' 보고 싶었던 것 같다. 어쩌면, '겨울은 내가 가장 솔직할 수 있는 계절이다.'라는 생각과 조금은 결이 닿아 있었던 걸까. 그런 생각도 든다.

분명해지길 바란다. 일 년의 사 분의 삼을 흐릿하고 밋밋하게, 목소리를 내지 않고 살았으니까, 사 분의 일만큼은 빨갛고 하얗게, 마음껏 울기도 웃기도 그리워하기도 하면서 살고 싶다.

아마 한 달 뒤쯤에 올해의 겨울이 정말로 다가온다면, 나는 어김없이 평소보다 조금 더 솔직해지려고 애쓰고 있겠지. 사람을 경계하여 인적이 드문 곳만 다니는 커다란 고양이의 마음으로, 길에서 사는 다른 고양이들을 걱정할 것이다. 모든 음식이 얼어붙는 나날인데 너흰 뭘 먹고 버티려고 하니. 그런 오지랖을 품고 지낼지도 모르겠다. 가시처럼 돋아난 나뭇가지들을 닮고 싶어서 평소보다 좀 더 찢어진 눈빛으로 길을 걷는 것도 재미있겠다고 생각한다.

아마 이번 겨울이라고 별반 다를 건 없을 거다. 여태껏 그랬던 것처럼, 조금 쓸쓸해하거나, 뭔가를 버텨내거나, 또 뭔가에 취해가며 꾸역꾸역 겨울을 '날' 것이다(사람들은 다른 계절들과는 다르게 겨울을 '난다'고 표현한다. 어쩐지 힘든 시기를 견뎌낸다는 뉘앙스가 느껴지는 동사다).

그래도 약간의 욕심을 보태보자면, 이번 겨울에는 지금껏 내가 겪은 겨울들보다 웃을 일이 아주 조금이라도 더 많았으면 좋겠다. 나는 겨울이라 솔직해진 내가 마음껏 우는 것도 좋아하지만, 크게 소리 내며 웃는 내 모습이, 아주 조금 더 예쁘다고 생각하니까.

—

시클라멘

 지금 무엇을 기르고 있나요 누군가 묻는다면, 오래전이었으면 앵무새 아이를 하나 길러요 했겠지만, 요즘은 앵무새 하나랑 시클라멘 화분 하나를 길러요 그렇게 대답한다. 누군가는 굳이 화분을 기르는 것 리스트에 넣어야 하나요, 조금 뭐 있어 보이는 척하는 건가요 물을 수도 있지만, 나는 정말이지 내가 책임지고 있는 생명체가 이 둘뿐이라 그렇게 대답하는 거다. 또 누군가는 일주일에 몇 번이나 라멘 가게에 드나들더니, 결국 화분도 시클'라멘'으로 기르는 거냐고 물을까? 하지만 이 아이는 내가 선택해서 데리고 온 아이도 아니고, 넉 달 전쯤 선물 받은 아이인걸...

 처음 이 아이가 내 작업실에 왔던 날을 기억한다. 2019년 10월이었지. 그땐 한창 내 개인 전시회가 열리고 있을 때였다. 전시 둘째 날이었던가, 아주 오랫동안 나를 응원해 주셨던 독자님께서 작은 화분 하나를 들고 전시장을 찾아오셨다.

주변 꽃집이 다 닫혀 있더라고요. 그래서 '아쉬운 대로' 망원 시장에 가서 사 온 화분이에요. 이름이 뭐라더라. 아무튼 예쁜 화분이 아니라서 미안합니다.

이렇듯 이 아이와 나와의 첫 만남은 낭만적이라거나 거창하지 않았다. 꽃집이 닫혀 있어 시장에서 구해 온 아이. 무늬가 예쁘거나 표면이 매끄러운 도자 화분이 아니라 그냥 밋밋한 흰색 플라스틱 화분에 담겨 온 아이. 이름도 좀 헷갈리는 아이. 나는 일단은 찾아와 주신 것 자체에 감사하여, 화분은 건네받아 바닥에 두곤 바삐 인사를 나눴다. 그리곤 그대로 하루를 흘려보냈다.

그런데 하루가 지나고 또 하루가 지나 전시가 끝이 나고, 또 나의 일상도 보통의 일상으로 돌아오는 그 오랜 시간 동안, 나는 점점 이 아이가 마음에 드는 거였다. 그건 뭔가 예쁜 것에 대한 호감이라기보단 나와 닮아서 드는 측은지심과 호감이 뒤섞인 어떤 감정이었다. 내일이라도 깔끔하고도 쉽게 잊힐 정도로 밋밋한 얼굴이, 아니, 꽃이, 또 화려화고 아름답다는 느낌을 주기는 힘든 옷차림이, 아니, 화분의 모양이 꼭 그랬다. 작업실에 머무는 내내 그것을 본다거나 하지는 않았지만, 오갈 때마다 종종, 시간이 빌 때마다 종종, 노래 한 곡을 듣는 내내, 그것을 시간을 들여 바라보곤 하였다.

하지만 호감이나 측은지심과는 별개로 화분은 점점 시들어 갔다. 하루는 그 모습을 보는 일이 너무 속상해서, '나름대로 물도 적당히 주고 햇볕도 잘 쬐게 해 주고 있다고 생각했는데, 그게 부족했나 보다. 이미 늦었는지도 모르겠지만, 평소보다 물을 듬뿍 주고 창가에 바짝 붙여 주었다. 미안해.' 하고 게시물을 올리기도 했다.

그 게시물에는 몇 개의 댓글이 달렸는데, 나보다 상냥하고도 식물에 대한 지식이 해박하여 도움을 주려 하는 말씀들이었다. 공통적으로 적혀 있는 말은 '물을 좀 멈춰 줄 필요가 있다'라는 말이었다. 과습일 수도 있다고. 뿌리에 물을 저장하는 아이라서 조금 건조하게 키워도 좋다는 말이었다. 나는 그것도 모르고 바보처럼 이미 물을 듬뿍 줘버린 것에 대해서 자책했다. '식물이 시든다. = 물이 급하다!'로 연결되는, 이토록 단순한 사고방식이라니.

또 하나 흥미로웠던 댓글은 바로 '시클라멘의 표현 방식'이었다.

'아무래도 시클라멘이 한겨울에 베란다에서도 월동을 나는 아이다 보니, 잎이 저렇게 과도하게 커진 이유가 키우시던 온도가 살짝 높았을 수도 있을 것 같아요! 더우면 잎이 커지는 동시에 꽃은 시들고 마르거든요.'

꽃을 죽이고 잎을 키우는 방식으로 자신의 상태를 표현하다니, 뭔가 귀엽고도 절실한 방식이잖아, 그렇게 생각했다. 나는 그런 상냥하고도 굉장한 세상 일부의 신비를 안 뒤로, 능숙하진 않지만 시간과 마음을 조금이라도 더 투자하며 화분을 관리했다. 물을 주려 하다가도 흙을 만져보았고 흙이 촉촉하다면 물 주는 일을 참았다. 작업실에 들어오자마자 코트를 벗지도 않고 화분이 있는 자리의 창문을 열어 환기를 시켰다. 오늘은 조금 흙이 퍼석하다 싶은 날에는 물을 주고 햇볕을 쬐게 해주었다.

다 죽어가던 중이었기에 다시는 살아나지 않을 거라 생각했던 시클라멘은 고맙게도 고개를 들고 지금껏 살아 주고 있다. 물론 맨 처음 이곳에 왔을 때와는 사뭇 다른 모습이다.

몇 송이의 꽃 중 몇 송이는 고개를 숙였고 주변을 에워싸고 있던 잎사귀는 부쩍 그 양과 너비를 늘렸다. 객관적으로 봤을 때 아름다운가 묻는다면 글쎄, 내 눈에는 나쁘지 않지만, 다른 사람 눈에는 어떨지 잘은 모르겠다.

하지만 그래서 좋은 거다. 마음이 가는 거다. 누가 봐도 예쁜 모습은 아닐 수 있고 우주의 모든 것에 반항이라도 하려는 듯 꽃을 죽이고 이파리를 내세우고 있어서, 그게 꼭 나인 것만 같아서 나는 좋은 거다. 모두가 반할 만큼 아름다운 사람은 아닐 수 있어도, 또 나의 표현방식이 세상의 일반적인 것과는 달라 글로 울어야만 하고 때로는 어두운 이야기만 주야장천 쏟아내야 해도 나는 이런 내가 좋다. 죽지 않고 꾸역꾸역 싸워가며 버텨내고 있어서 나는 좋다.

오늘도 나는 작업실 문을 열자마자 화분부터 살폈다. 그새 꽃송이가 하나 더 시들어 있었다. 이파리는 넓어져 있었다. 그래, 누가 널 말리겠니. 또 나는 너를 그렇게 잘 다룰 수 있는 사람도 아닌걸. 알아서 한번 잘 살아 봐. 나도 나라는 사람을 잘은 다루고 있지 않지만, 어떻게 개겨보고는 있단다. 나는 그렇게 혼잣말을 하며 코트를 벗었다.

코트를 벗고 더 자세히 보니 솜털이 보송보송 난 꽃봉오리 두어 개가 저 아래에서부터 올라오고 있었다. 나는 앞으로의 내 삶에도 아름다운 것 두어 개쯤은 더 생기지 않을까 망상하느라 조금 피식 웃었다. 기분이 나쁘지 않았다.

—

나이

나이에 맞게 행동하라는 말이 가장 어렵다.
난 아직 같이 걷는 사람이랑 발만 맞아도 설레는데.

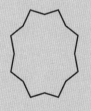

3부

캘리포니아와 겨울날의 중간

–

희미한 빛

매일 점심때마다 오 분 정도씩, 창가에 서서 햇빛을 맞는 일을 좋아한다. 바람 한 점 없이 느껴지는 온도감, 자전거를 타고 지나가는 노인과 뛰노는 아이들을 보는 일, 단지를 드나드는 차들을 보며 그 안에 탄 사람들과 그들이 움직이고 있는 나름의 사정들을 상상해보는 일. 그 일들은 내게 정말로 실재하는 세계를 살고 있다는 자각, 그리고 이 세상에 나 말고도 누군가가 있기는 있다는 최소한의 온기를 준다.

하지만 오래가지 않아 창가를 떠나곤 한다. 너무 노골적으로 밝은 빛은 늘 나를 난처하게 했다. 뭐랄까, 눈이 시리다거나 알레르기 반응 같은 것들이 일어나는 건 아니었지만, 그냥, 그랬다. 뭔가 여기에 있으면 안 될 것 같은 기분. 이 빛은 내 빛이 아닌 것 같은 기분.

그보단 닫아둔 창문과 또 그 안쪽으로 쳐둔 커튼을 굳이 비집고 들어온, 그 어쩔 수 없다는 듯한 희미한 빛을 좋아한다. 얕고 엷은 빛. 그 빛을 둘렀을 때 비로소 내 마음은 편안함을 느꼈다. 딱 그 정도의 빛이 좋아서 내 방과 작업실에는 낮에도 자주 커튼을 쳐두곤 했다.

어쩌면 나는 그러한 적당함을 좋아하는 걸까. 살아갈 때 노래할 때 사랑할 때 그랬듯, 모든 것을 다 내던지는 쪽보단 적당한 쪽이 좋아 이렇게 문을 닫아두는 걸까. 대놓고 희고 밝고 화려한 옷은 어쩐지 내 것이 아닌 것만 같아, 늘 어둡거나 검은 옷만 입었다. 시끄럽고 번쩍거리는 곳보단 조용하고 밋밋한 곳에 머물고 싶었다. 다 가지려는 사람보단 하나라도 나누려는 사람이 좋아, 그와 함께 평생 선물이건 술잔이건 입술이건 사랑이건 나누고만 싶었다. 낮에는 앞서 말한 나도 어쩔 수 없었다는 듯 들어앉아 있는 빛에 기대어, 밤에는 낮은 조도의 스탠드나 촛불 하나에 기대어 빵과 위스키를 함께하고 사람이 죽지 않는 영화나 악기가 많지 않은 음악을 즐기고 싶었다.

또 그렇게 살고 싶었다. 적당히 친절하고 적당히 낙관적이거나 비관적이며, 적당히 엷은 웃음으로 사람들을 대할 것. 그래서 노골적인 환심과 혐오를 사지 않을 것. 아주 천천히,

적당히 외로워질 것. 누군가에게 모든 것을 의지하지도, 또 누군가가 내게 모든 것을 맡기게 하지도 않을 것. 각자가 각각으로 사는 담백한 삶을 살 것. 가끔 화를 내거나 울 때는, 아무렇지도 않았던 표정을 뚫고 나와 나도 어쩔 수 없었다는 듯 얇고 엷게 그러할 것. 또 그 울음과 어쩔 수 없음을 몸과 마음에 잘 둘러서 헤아려 줄 수 있는 사람의 옆에서 늙어갈 것.

망원 2동에는 길고양이가 많다. 가끔 밤샘 작업을 한 다음 날이면, 작업실 창가에서 정오의 햇빛을 보기도 한다. 그때마다 동네의 길고양이들은 가장 따뜻하게 달궈진 양지를 찾아 나란히 눕거나 앉아 있었다. 사람들은 그 모습을 보고 '고양이들이 빵을 굽고 있다'라고 하던데.

하루는 왜 강아지나 참새들은 그러지 않고 고양이들만 그러고 있는지가 궁금해져 그 이유를 찾아보았다. 고양이들이 일광욕을 하는 이유는 단지 낮잠을 즐기기 위해서가 아니라 스스로 건강을 지키기 위한 본능이라고 한다. 일광욕은 세로토닌이라는 스트레스 조절 호르몬을 분비시키는데, 인간처럼 우울증을 앓을 수 있는 고양이에게 필요할 수밖에 없다고. 또 38도로 인간보다 다소 높은 체온을 유지하기 위해서도,

몸과 털 곳곳의 세균을 사그라지게 하기 위해서도 그들에게 햇볕은 필수인 것이다.

 나는 내가 고양이들처럼 인간 중에서도 특이한 품종이라서, 생존을 위해 어쩔 수 없이 그러한 '적당한 빛'이 필요한 거라고 믿기로 했다. 적당한 빛에서만 얻을 수 있는 제2의 세로토닌 같은 것, 적당한 빛으로만 데워낼 수 있는 제3의 온도, 적당한 빛으로만 죽일 수 있는 4차원적 고통 같은 것들이 있는 거라고. 그래서 어쩔 수 없이 이런 적당한 빛을 좋아하는 거라고.

 적당한 빛과 적당한 것들을 둘러가며 적당한 태도로 살아갈 것.
 나는 이제 내가 살아가야 하는 법을 어렴풋이 안다.

–

어떤 봄

몇 년 전과 딱히 다를 것도 없는 나날을 지내고 있어.

나는 여전히 그때 하던 일을 똑같이 하며 살고 있어. 몇몇 여건이나 버는 양 정도만 조금 바뀌었을 뿐이라서, 네가 기억하고 있을 그때의 나와 크게 다르지는 않을 거야. 그때처럼 적당히 이른 시간에 일어나서 잠깐 창밖을 구경하고 TV를 틀어둬. 드라마 재방송, 뉴스, 예능, 지역 광고, 뭐가 방송되고 있는지는 사실 크게 중요하지 않아. 기억할지는 모르겠지만 내가 원래 그랬잖아. 뭐가 됐든 소리만 나면, 그러니까 집 안의 정적만 없애 주면 된다고 생각하는 사람이었잖아, 내가. 하루의 시작만큼은 조금 덜 외롭게 하고 싶다고 말한 적도 있는데. 너무 흐릿하게, 지나가듯 말한 거라 아마 기억하진 못할 거야.

또 뭐가 그대로일까를 생각하니까, 정말이지 거의 모든 것이 그대로인 채로 살고 있어. 얼굴도 내가 보기엔 몇 년 전과 크게 달라진 부분이 없어서, 변한 건 그저 숫자상의 나이뿐이 아닐까 생각되기도 해.

그때와 똑같은 노선의 지하철을 타고, 또 같은 번호의 버스를 타며 이 도시를 오가고 있어. 가끔은 내가 태어난 지 비교적 얼마 안 된 초소형 위성이 된 것 같다는 생각을 하기도 했어. 몇 년째 똑같은 궤도만을 돌고 있는. 얼마 전에는 '지구의 달, 사실은 더 있다.'라는 제목의 기사를 본 적이 있거든. 자동차만한 크기지만, 지구 주변을 꽤 오랫동안 빙빙 돌고 있는 '미니 문'이라는 게 있대. 나는 그 기사를 보고선 나도 서울을 얇은 타원형으로 돌고 있는 미니 무엇무엇이 된 것 같다고 생각했어. 웃기지?

오늘은 지하철에서 몇몇 사람이 큰 소리로 떠들기에 조금 짜증을 냈어. 아침에는 정적이 싫어서 무슨 소리라도 좋으니 들려오길 바라는데, 그래서 TV를 켜두는데, 왜 지하철에선 그 어떻게 보면 별것도 아닐 소란이 그렇게도 짜증스러운 걸까. 나는 둔감한 걸까 민감한 걸까, 여전히 나도 나를 잘 모르겠어.

둔감한 건지 민감한 건지를 모르는 건 냄새에 있어서도 마찬가지인 것 같아. 왜, 노래 가사에서도 그렇고 드라마에서도 그렇잖아. 옛 연인의 향수 냄새가 느껴지면 뒤돌아본다든가 하는. 솔직히 나는 사람의 향을 잘 기억하지 못하는 것 같거든. 이 향은 그 사람의 냄새, 저 향은 그때 내가 어떤 길에서 맡았던 냄새, 그런 것들 말이야. 그냥 어떤 향들을 기억하기보다는 당장의 호불호를 명확히 구분 짓는 편이라서, 이향은 좋아, 또 이 향은 싫어, 그런 쪽으로만 예민한 것 같아.

다만 서너 가지의 향수를 정해두고 그것들만을 몇 년째 쓰고 있는 건, 나는 향을 잘 기억해내진 못하지만, 내가 아닌사람들은 나보다 훨씬 더 향을 잘 기억한다는 걸 알고 있으니까. 그러니까 사람들이 서너 가지의 향을 나의 향으로 기억해 주길 바라서 그러는 거야. 몇 년 전에도 네가 그러길 바라서 그랬던 거고.

너는 내 향을 기억하고 있을까? 요즘처럼 날이 흐리고 비도 종종 내릴 때면, 유난히 이런 생각을 더 자주 하게 되는 것같아. 날이 흐리고 비가 오는 날에 평소보다 냄새가 더 잘 퍼진다잖아. 아주 팍 흐려지거나 폭우 같은 게 내려서, 내 냄새가 온 동네에 퍼져서, 거길 우연히 지나가고 있는 네가 나를 떠올렸으면 좋겠다고 생각한 적도 있어. 세상은 내가 생각하는 것보다 훨씬 좁아서, 우연히 중학교 동창이나 오래전의 동료를 마주치기도 하던데, 왜 너와 나의 세계는 이토록 넓은 것만 같을까, 그런 생각을 한 적도 있었네.

그리운 건지는 모르겠어. 이 감정에는 어떤 이름을 붙여줘야 하는 걸까.

날씨예보를 안 본 지 꽤 오래된 것 같아. 오늘이 맑은 날인지, 흐린 날인지를 눈으로 직접 보고 판단하곤 하니까. 전철이 한강 위를 달릴 때, 저 멀리에 육삼빌딩이 보이는지 안 보이는지, 롯데타워는 보이는지 안 보이는지로 맑음과 흐림을 정하고 있어. 아마 나만 그러고 있는 건 아닐 거야.

어느덧 이번 겨울도 끝을 향해 가고 있어. 절기상으로는 이미 봄에 들어섰다지만, 나는 아직 우리가 겨울에 있다고 생각해. 여전히 흐린 날은 많고 오늘도 하늘은 회색이었으니까.

건물은 흐릿해져도 너는 끝끝내 흐릿해지지 않았어.
그런데 요즘은 너도 조금은 흐릿해지고 있는 것 같아.
네 얼굴을 보면 늘 조금은 추운 기분이 들기도 했는데, 너는 이천몇 번째의 이번 겨울과 함께 내게서 영영 멀어지려는 걸까. 그러면 나는 네게 무슨 말을 해야 하는 걸까.

잘은 모르겠지만, 네가 흐려지고 있다면 나도 흐려져야 한다고 생각해. 두 달쯤 전에는 네가 모르는 새 향수를 샀어. 나도 그렇게 천천히 흐려질 준비를 하고 있나 봐.

누군가로부터 흐려지면 다른 누군가에겐 명확해지는 거라고 믿고 싶어. 이제 나도 슬슬 새로운 사람이 될 준비가 되어 가는 것 같아. 외롭다는 생각을 자주 하게 됐거든.

잘 지내렴.
겨울과 닮았다고 해서 너무 춥게만 지내지 말고. 어두운 것만 두르고 다니던 내가 네 옆에서 울기만 했던 건 아니었듯이, 어떤 대륙의 봄과는 가까워지길. 안녕.

—

처방전

"몸이 아파 병원을 찾았을 때, 자잘한 감기에 걸려 약국을 찾았을 때도 무작정 최고의 의료기기로 수술을 하거나 가장 좋은 성분의 약을 왕창 처방하지는 않습니다. 그보다 앞서 내가 어떤 체질을 지닌 사람인지, 또 어디가 어떻게 아프고 어떤 영양소가 부족한지를 먼저 파악해야 하죠."

"저는 일상생활에서도, 마음을 헤아리는 일에서도 꼭 그런 과정이 필요하다고 생각해요. 나는 어떤 것을 누릴 때 가장 행복한지, 지금 어떤 게 부족하고 그래서 어떤 것을 원하고 있는지를요. 마음에도 올바른 처방전이 필요합니다. 나라는 사람의 설명서를 천천히, 그리고 아주 꼼꼼히 읽어보고 그것에 맞게 다뤄야 해요."

—

잔의 경계

어떤 잔이, 얼마만큼 채워진 잔이 가득 채워진 잔일까?
누군가와 함께 술을 마셨던 어느 날의, 밑도 끝도 없이 솟아
난 궁금증이었다.

그 사람과 나는 밥을 먹을 때건 술을 마실 때건 늘 실없는
소리를 하거나 시시한 이유들로 농담을 주고받곤 했다. 그날
은 여름과 가까운지 겨울과 조금 더 가까운지를 알 수 없는
어느 가을날이었고 우리는 밥과 술이 둘 다 어울리는 저녁시
간에 그다지 특색 없는 술집에서 술을 마시고 있었다. 그 사
람의, 우리 두 사람의 잔이 비워졌다. 나는 아주 천천히 소주
병을 들어 그 사람의 잔을 겨누었다. 가득 따라 줘, 그 사람
은 나의 움직임을 눈으로만 보며 그렇게 말했다.
내가 고장이 난 건 그때부터였다. 그냥 적당히 따라 줄 수도
있었던 건데, 고민하기 시작한 거다. 이 이상 멈춰 있으면 분
명 취했냐고 나를 놀리겠지, 나는 분주히 술을 흘렸다. 이 정

도가 가득일까? 아니야, 아직 반도 채워지지 않았다. 조금 더? 이제 반이야. 그럼 이만큼? 그래도 가득은 아닌 거 같은데. 그럼 조금만 더? 어어어어? 잠깐, 어어어어? 나는 그 사람의 어어어어, 하는, 그 목소리를 듣고 나서야 겨우 술을 따르는 것을 멈출 수 있었다. 잔은 한두 방울이라도 더 받아내면 당장 분화할 것처럼 넘실대고 있었다. 미치겠네, 이 친구야, 왜 이렇게 많이 따르는 거야, 취했지? 취했네, 취했어. 나는 어떻게든 취했냐는 놀림을 듣긴 하는구나, 그렇게 생각하며 욕을 했다. 다음엔 그 사람이 내게 술을 따라 주었다. 나는 소주잔을 기준으로 절반보다 아주 조금 더 담긴 잔을 좋아한다. 그 사람은 잔을 약 팔 부까지 채워 주었다. 나는 내가 좋아하는 양보다 많이 담긴 술을 보며 뭐가 이렇게 가득이야, 나한테 왜 그래, 그런 말을 했던 것 같다. 그 사람은 어이없다는 표정으로, 그럼 도대체 얼마만큼 줘야 하는데, 그보다 네 잔보단 내 잔이 가득에 조금 더 가깝지 않을까? 그렇게 대답했다. 그것도 그러네. 하지만 내가 느끼기엔 이것도 꽤 '가득'인 것 같은데.

문득 나는 어느 정도가 가득일까, 에 대해 생각했다. 얼마나 집중을 했냐면 그날 생각을 하느라 술에도 안 취했던 것 같다. 우리는 밤도 아침도 아닌 애매한 새벽에, 몸은 둔해지고 걸음걸이는 갈지자로 엉망이었지만 정신은 여전히 골똘한 상태로 그러니까 정말로 이도 저도 아닌 취기와 함께 집 쪽으로 걸었다.

오늘, 삼월 말 어스름한 일교차의 기준점에 앉아 다시 한번 생각한다. 덜 채워진 잔과 꽉 채워진 잔의 경계를 가늠한다. 과연 얼마만큼 채워진 잔이 꽉 채워진 잔일까? 한 방울이라도 넘쳐서 흘러내려야만 꽉 채워진 걸까? 아니면 '이 정도 비율이면 가득이라고 봐도 됩니다.' 하는 국제 표준 같은 게 있는 걸까? 그러면 꽉 채워진 잔만이 무조건 좋은 걸까? 왠지 모르게 음료수의 당분이 눌어붙어 찐득거리는 잔을 만지는 기분으로 찝찝한 사색을 이어간다.

자주 그랬다. 여러 쪽으로 다소간 둔하여 흘러야만 꽉 채워졌음을 알았다. 꼭 체온계의 천장을 뚫거나 쓰러지고 나서야 내가 아픈 것을 알았다. 망해가는 작품과 터져버린 눈의 실핏줄을 보고 나서야 컨디션이 밑바닥을 찍었음을 깨달았다. 화가 드글드글 끓고 있음을 자각했을 땐 이미 스스로의 몸과 마음을 부수고 있었다. 외로움이 무르익은 걸 남의 밭 구경하듯 바라볼 때도, 아니면 어떤 사람을 향하는 마음이 넘쳐 흘렀음을 시인했을 때도 이미 늦은 때였다. 찌꺼기 같은 마음, 썩은 과즙 같은 외로움을 혼자 추스르고 정리하느라 나만 고생이었다.

내 주변의 몇몇 사람은 잔에 넘치도록 따라 준 일본주 같은 것들을 좋아했지만(잘은 모르지만 일본에는 잔 받침 위에 잔을 두고 흘러넘칠 때까지 따라 주는 문화도 있는 것 같다), 나는 흐른 술을 만지는 일보단 깔끔하고 깨끗한 유리를 만지는 걸 더 좋아하는 사람이다. 또 아직 흘러넘치지 않았다 하더라도 당장이라도 흐를 것만 같은 내용물 때문에 얼굴을 가져가 경박하게 호록거리는 일은 내게만큼은 별로다. 그보다 적은 양이어도 언젠가 들고 걷다가 흘러 내 손과 마음을 괴롭히게 될지도 모르지.

적당함을 사랑한다. 삶의 어떤 면면에서든. 여행을 할 때는 하루라는 시간 단위 속에 일정을 꽉꽉 채운 적이 없었다. 조금 덜 구경하고 덜 먹더라도, 내가 있고 싶은 곳에 양껏 있고 내가 먹고 싶은 것만 양껏 먹는 게 좋았다. 한가득 웃는 모습, 콧물을 흘려가며 우는 모습도 꽤 감성적이고도 인상 깊

겠지만, 그보단 적당한 서글픔이나 적당한 미소를 품고 짓
는 일을 사랑했다. 사람 역시 넘치도록 화려함을 쫓다 보면
안팎의 것들이 넘쳐 피로해짐을 이제는 안다. 사람 혼자만의
일이 아니라 사람과 사람 사이에서도 그랬다. 어떤 기질 때
문인지는 몰라도 애정이 과하면 도망치고 싶었다.

충분이라는 낱말을 뜻을 깨우친다.
모자람이 없이 넉넉하다는 뜻이란다.
모두에게 꽉 차기보단 한 사람에게 넉넉해지길.
넌 최고야보단 넌 내 최고야를.
그렇게 살아야지. 충분해지길 원한다.

내가 공간이라면

 제주에 머무는 것도 벌써 일주일째다.

 이곳에 머무는 동안 나는 두 번쯤 밤을 새웠고 한 번쯤 새벽 달리기를 했으며 하루쯤 빼고 술을 마셨다. 책을 읽었고 초록 물고기와 올드 보이, 파이란과 같은 오래된 영화들을 봤다. 한 번도 면도하지 않았다. 그리고 하루도 빼지 않고 아무 카페나 찾아 들어갔다. 거기에서 의자가 불편하면 불편한 대로 커피 맛이 그저 그러면 그저 그런대로 시간을 때우거나 글을 썼다.

 며칠 전에는 안덕면의 널찍한 카페에 갔다. 누군가가 너무도 좋아하는 곳이라 자신만 알고 싶은 곳이라며 추천해 준 곳이었다. 고백하자면 고등학교 수학여행 때 이후로 제주는 처음이었기에 안덕면이 어디고 월정리는 어디며 중문은 또 어딘지, 애월은 어딘지를 잘은 알지 못했다. 그저 안덕면이라기에 아, 그렇구나, 내가 안덕면의 카페에 와 있는 거구나

수동적으로 생각할 뿐이었다. 카페는 그전까지 갔던 여느 카페들보다도 훨씬 넓었다. 널찍한 곳에 듬성듬성 테이블이 놓여 있었고 모서리 쪽에는 오래된 소품들을 다루는 상점이 들어서 있었다. 책을 올려둔 매대, 구입을 원하시면 이층 서점으로 올라오라는 안내문을 따라 계단을 오르면 커다란 개가 베이지색 털을 요처럼 깔고 자는 서점이 있었다. 그래, 개가 자고 있었다. 개는 내가 발소리를 내도 책을 뽑고 종잇장 넘기는 소리를 내도 크게 몸을 말아 계속 잠만 자고 있었다. 한번도 눈을 뜨지 않았다. 나는 당연히 그럴 수 있는 건데 별안간 무안한 기분이 들어 도로 계단을 내려왔다.

 테이블로 돌아오니 커피가 내려져 있었다. 나는 조용히 앉아 커피를 마셨다. 그러면서 전보다 자세히 주변을 둘러보았는데, 거기엔 미처 보지 못했던 친구들이 둘 있었다. 보물이라는 이름의 커다란 개 한 마리와 섬이라는 이름의 흰 고양이였다. 보물이에게 다가가 자세를 낮추고 손등을 내밀었다. 내 손 냄새 한번 맡아봐, 안녕. 보물이는 흘금 이쪽을 보더니 가만히 고개를 숙였다. 그건 어쩐지 피곤해 보이는 몸짓이었다. 나는 알았으니 계속 쉬라 말하곤 물러섰다. 다음으로는 섬이에게 다가가 손을 내밀었다. 아주 조심스럽게 머리를 쓰다듬으니 섬이는 발라당 누워 배를 보여줬다. 나는 그를 조금 더 만져달라는 뜻으로 멋대로 해석하고 얼마간 그 아이의 배며 등짝을 쓰다듬었다.

 주변의 다른 손님들도 섬이를 쓰다듬고 싶어 하는 것 같아, 나는 다시 자리로 돌아가 커피를 마셨다. 아니나 다를까 친구 사이로 보이는 여자 둘은 내가 자리로 돌아가자마자 득달같이 섬이에게 달려들었다. 가방을 메고 있는 걸로 보아 곧 가게를 나서려는 것 같았다. 섬이는 마음껏 만지라는 듯 여유로운 표정을 짓고 있었다.

 그리고 얼마 뒤 그 손님들이 그로부터 손을 떼고 출구 쪽으로 걸어 나가는데.
 섬이는 찍소리도 내지 않고 심지어 그쪽을 바라보지도 않고 그저 고개를 숙이는 거다.

 어쩐지 좀 서글픈 기분이 들었다. 카페에서 키우는 고양이는 태연히 몸을 내어 주다가도 이별이 익숙하다는 듯 가는 사람을 쳐다보지 않았다.

 손님이 다 빠져가는 카페에 앉아 멍하니 천장을 보며, 그 공간에 대해 생각하였다. 이곳은 층고가 꽤 높아 눈이 시원하구나, 아무리 점프를 해도 손이 닿지 않겠지. 안에 예쁘고 향기로운 꽃을 채워둔 건 아니지만, 창밖의 바로 옆으로 예쁜 유채꽃밭을 곁에 두어 내킨다면 언제든 유채꽃을 쓰다듬을 수 있는 공간이겠군. 나는 사람을 알아가듯 그렇게 공간을 알아가다가, 저쪽 소품 가게의 구식 거울에 비친 내 얼굴과 마주쳤다. 조금 멀리 떨어져서 곳곳이 왜곡되어 보이는 내 얼굴은 사람의 것이라기보단 전철 앞머리의 전조등 또는 네모네모 창문이 눈코입 모양으로 돋아난 건물 같았다. 그래. 사람이라기보단 그 무엇의.

　내가 공간이라면, 내가 건물이라면. 그렇게 망상을 이어갔다. 어쩌면 나라는 사람도 이처럼 작은 서점 또는 널찍하고 느린 카페가 아닐까 생각했다. 베이지색 개처럼 얼마간 피곤해졌으며 흰 고양이의 그것처럼 이별은 익숙해진. 그런대로 예쁜 것은 여전히 갖고 있겠지만, 오래 보아야 비로소 찾을 수 있는. 연식이 꽤 되어 서서히 기울어지고 서서히 무너져가는. 인간 존재의 감가상각이 착실히 이루어지고 있는. 창가의 유채꽃밭 위로 해가 조금씩 기울어지고 망상이 계속되는 동안 나는 조금 추워졌고 한 겹 더 외로워졌다.

내가 공간이라면, 내가 건물이라면. 감가상각은 진행 중이지만 아직은 무너지지 않고 있는 장소라면. 손님이 왔으면 좋겠다. 이 맛은 어떻고 이 향기는 어떨까, 빵과 커피에 관하여 매일을 고민하고 시범 삼아 내놓아두는 것처럼, 여러 스파이스를 지닌 말과 손짓 눈썹과 입꼬리의 각도들을 실험하고 진열해두고 싶다. 또 거기에 강아지의 지고지순함과 고양이의 여유로움을 채워둔다면.

누군가에게 안덕면의 카페가 그러한 것처럼, 나도 너무 좋아서 감추고만 싶은 사람이 되고 싶다. 이층 책방 구석의 헌 책처럼 오래된 추억과 먼지 쌓인 비밀과 이야기들을 지닌 사람. 느리지만 분명하고 또 깊은 진심을 내어 주는 입을 지닌 사람. 다소 추할 수 있는 부분까지 간결하고 담백하게 품고 있는 사람. 또 그를 솔직하고 맑게 내비칠 수 있는 사람. 정말 화려하고 예쁜 부분은 사실 많이 갖고 있지 않지만, 좋은 식당과 울긋불긋 산책로를 많이 알고 있어 언제든 데리고 갈 수 있는 사람.

배가 고파져 안덕면을 떠나기 전에는 마지막으로 한 번 더 가게를 둘러보았다. 아마 그러지 못할 수도 있겠지만, 한 번쯤은 다시 돌아오겠다고 괜히 속삭여봤다.

그러니 오히려 내가 덜 외로워지는 것이었다.
누군가 내게 전화를 걸어올 것만 같은 것이었다.

—

알았어 알았어

타로점을 봤지 그냥 심심해서. 이월이나 팔월쯤에 네가 나타날 거래. 근데 다른 데서는 오월일 거래. 그래 사실 그냥 심심해서 본 게 아니라 무려 두 군데에서나 본 거야. 팔월은 너무 늦고 나는 이월쯤이었으면 좋겠다고 생각했어. 이월이면 아직 귤이 제철이니까 가는 내내 주무르다가 이거 진짜 달아, 내가 알아, 말하면서 줄 수 있으니까. 또 뭐를 할까. 나는 옷은 세련된 걸 좋아하는데 촌스러운 곳 가는 걸 또 좋아하니까 한강에 오리배를 타러 갈까. 내게 내내 아픈 장소였던 남산타워에 가자고 조를까. 내 서울 지도를 좀 다시 그려달라고. 너 가위바위보를 왜 그렇게 못해, 알았어 알았어 사랑해 한 번에 계단 하나로 쳐 줄게. 빨리 올라오라고 해도 재밌겠다. 계단을 또 탑을 오르고 계단 개수보다 여덟 번은 더 사랑한다고 말했다가, 잠깐 입을 맞췄다가 다시 계단 하나에 사랑해 한 번으로 늦은 밤에 내려와서 술을 적당히 나눠 마시고 싶다. 넘어져도 좋을 거 같은 잔디밭을 찾아서 괜히 촌스럽게 넘어지고 주머니에 넣어놨던 향수 공병이 깨져 내가 좀 더 향기로워지고, 너 왜 이렇게 냄새가 좋아, 알았어 알았어 안아 줄게. 그런 말이나 밤새 듣는 날도 있었으면 좋겠어. 타로점을 봤어 정말 심심해서. 네가 이월 오월 팔월쯤에는 나타날 거라고 했어.

–

배웅과 마중 사이

 늘 마중과 배웅이라는 두 단어 사이에서 길을 잃었다. 마중은 오는 사람을 나가서 맞이함, 배웅은 떠나가는 손님을 일정한 곳까지 따라 나가서 작별하여 보내는 일이라는데, 그러니까 어떻게 보면 정반대의 뜻을 지닌 말들일 텐데, 나는 어째서 이 둘을 헷갈려 하는 걸까. 누군가 이쪽으로 온다고 했을 때, 어, 그럼 내가 배웅 나갈게, 자주 이 말이 튀어 나가곤 했다. 그러면 상대방은 나 만나기 전에 누구 보낼 사람 있어? 그렇게 대답하기도 하였다. 함께였던 누군가를 배웅해야 했을 때도 마찬가지.

 명색이 작가다. 말을 요리사의 칼처럼 도공의 끝처럼 다뤄야 하는 사람인데, 그런 식으로 자주 혀를 헛디디는 건 아무래도 별로다. 어쩌면 이러다 단어들에 손을 베이거나 정성 들였던 마음의 그릇을 깨버려야 할 날이 올지도 모른다. 웬만하면 앞으론 이런 실수를 하지 않았으면 좋겠는데... 새벽한 시 십삼 분, 널브러진 것처럼 누워 마중과 배웅을 번갈아 말하다가 자세를 고쳐 앉고 노트북을 열었다. 확실히 짚어둘 필요가 있어. 나는 사전을 뒤적인다.

'오는 사람을 나가서 맞이한다'는 뜻의 마중은 '맞이하다'의 의미인 '맞-'으로부터 파생된 말이라고 한다. 그렇구나, 가만히 마중이라는 글자를 바라보니 이렇게나 쉽다. 마중이라는 친구는 맞이한다는 말을 온몸으로 외치고 있었는데 그냥 내가 둔해서 그를 알아채지 못했던 거다.

나는 언제나 맞이하는 것을 사랑하는 쪽이었다. 그렇지 않은 척을 하면서 사실은 누구보다도 호들갑을 떨고 마중을 나가는 사람이었다. 저 멀리에서부터 목줄 때문에 턱 턱 걸리더라도 낑낑거리며 내가 여기에서 반기고 있음을 두 발로 네 발로 그러다 다시 두 발로 알리는 강아지였다.

누가 온다고 했을 때 여러모로 마중하는 일을 좋아하였다. 집을 치웠고 얼굴을 정돈했다. 높은 편이긴 하지만 조금 아래로 꺾인 콧대는 내가 어찌할 수 없는 일이니 그렇다 쳐도 그 주변의 피부에 뭐가 나진 않았는지, 이 눈빛이 좋을지 오늘의 아래턱엔 저 향수가 좋을지를 고민했다. 그날 올 사람이 좋아한다고 말했던 커피나 차를 기억해뒀다가 웰컴 드링크로 준비해두었다. 언젠가의 글에도 썼듯 조금 더 단 것을 주고 싶어 귤을 주물렀고 향을 피워두었다. 날이 추운데 길을 못 찾는 건 아닐까 큰길가로 나가 가로등 아래에 서 있는 날도 있었다.

마중의 '중'은 그저 우리말의 접미사인 '-웅'으로, 그리고 있다는 뜻의 中은 아니지만, 나는 멋대로 마중을 마中으로 생각하기로 했다. 맞이하는 중이라고, 그렇게 설레는 와중이라고 생각하면 내가 그 말을 조금 더 쉽게, 피부처럼 잘 외울 수 있을 것 같다.

배웅은 마중과 마찬가지로 '-웅' 접미사를 지닌 말이다. 그리고 그 앞에 서는 '배'가 바로 바래다준다는 말의 '바래'가 줄어든 말이라고 한다. 말이라는 건 이렇게도 과학적이다. 맞이하고 바래다준다는 뜻에서 싹이 돋아나거나 불필요한 가지가 떨어져 나가 단어가 완성되다니.

바래다줌의 순간들은 내가 바래다줌을 받았건 반대로 베풀었건 어쩐지 서글픈 온도들로 기억되었다. 나와 누군가의 것이 아니라 그저 타인의 바래다줌을 목격하기만 해도 그랬다. 버스 터미널 앞에서의 배웅의 모습들. 나는 아무 앞뒤 사정도 모르면서 그게 괜히 보기에 서러웠다. 더 오래전 그날 나 군대 가던 날에 엄마가 나를 배웅해 주던 모습은 그렇게 대놓고 서글플 수가 없었다. 저 안쪽 체육관 건물로 들어가면 2년의 군 생활은 시작되는데, 꼭 이런 날에는 비가 쏟아지는데, 조금 더 천천히 시작하고 싶었는데 비 때문에 이렇게 뛸 수밖에 없는데, 이상하게 내 까까머리 위에는 빗방울이 나앉지 않는 거다. 그리하여 뒤돌아봤을 때 보였던 건 우산을 들고 나를 뒤따라 울며 뛰어 주는 어머니의 모습이었다. 언젠간 다시 볼 수 있겠지만 그 언젠가가 너무 멀고 걱정스러워 눈물을 흘렸던.

그리고 어떤 배웅은 재회가 없기도 하였다. 그래서 나 어떤 배웅을 할 때는 다시 볼 날이 너무 멀고 그 사람 걱정돼서가 아니라 앞으로 영영 못 볼 것을 알아서 눈물을 흘렸다.

어쩌면 내가 마중과 배웅 사이에서 자주 길을 잃었던 이유는, 만남이 됐건 이별이 됐건, 누군가 오고 있건 떠나고 있건, 그 사람을 순수하게 좋아하고 생각해서 그랬던 게 아닐까. 이 새벽에 나는 이렇게 나의 무지를 조금이라도 더 예쁘게 포장하고 싶어진다.

자주 마중과 배웅을 반복하였다. 물론 나는 무조건적으로 예쁘고 훌륭한 사랑을 했다고 말할 순 없겠지. 여러 제한된

조건과 근사하지 않은 모습들로 본의 아니게 좋아하는 사람들을 실망시킨 날도 많았을 것이다. 하지만 내 공간 아무리 누추한 공간이더라도 꽃 한 송이 빈 병에 꽂아 올려두는 일은 얼마나 눈물겨운 일인지.

내일은 괜히 마중 나가는 기분으로 산책을 해야지.
그 언젠가는 배웅은 영영 없고 머무름만 있었으면 좋겠다는 바람으로.

—

외로운 날이면 하천 쪽으로 걸었다

 현관문을 바로 열기 싫은 외로운 날이면 무작정 삼십 분 거리의 하천 쪽으로 걸었다. 신고 있는 게 샌들이건 구두건 운동화건 상관없이 그랬다. 가는 길에는 철길 옆에 쓸어 모아둔 은행잎을 발로 툭툭 차보기도 입김으로 손 안에 물방울을 만들어보기도, 매미 소리가 나는 방향을 쳐다보기도 하였다.
 하천가에 다다르면 산책로의 어느 한 곳과 다른 어느 한 곳 사이를 메트로놈 바늘처럼 오갔다. 초보자의 연주곡 같은 느린 템포였다. 오가는 동안에는 우리 다음 주에 벚꽃 보러 가는 거 맞지, 눈병에 걸렸구나 어쩔 수 없지, 그럼 다음 아니면 아주 나중에 보러 가자 통화를 하기도 했고 그러다 그 사람을 영영 못 보게 되기도 했다. 결국 펴버린 벚꽃을 하천변 따라 혼자 구경하기도 했고 가을이 다 오고 나서는 혹시 곳곳에 매미가 죽어 있을지 몰라 두려워하기도 또 애도하기도 하며 걸었다. 무섭게 생긴 겨울 신발을 신었는데도 미끄럽긴 미끄럽네, 멋쩍게 혼잣말하고 엉덩이를 털며 일어섰던 날,

취해 비틀거리느라 오늘의 물빛이 어떤지도 몰랐던 날에도 나는 하천변을 걷고 있었다.

생각해보면 내 외로움에게 밥을 먹인 건 늘 두 발이었다. 크리스마스에 애인으로부터 배신당했을 때, 그걸 알면서도 눈감아줬던 때, 소설 속 서울 사람들에게는 화려하고도 고요한 행복을 만들어주었지만 정작 내 배는 더 고파졌을 때도 나는 한겨울의 건대입구와 새벽의 경복궁 돌담길을 걷고 있었다. 오른발 왼발로 세계의 한 수저 한 수저를 떠먹여 주면 등허리쯤에 있지 않을까 싶은 외로움은 그제야 기승을 부리지 않았다. 앞발로는 수저로 내 몸을 달래고 뒷발로는 신발로 내 외로움을 달래고 있는 게 아닐까 생각했다. 하루는 사족보행으로 먹이를 찾는 짐승이 되는 꿈을 꾸기도 하였다. 꼭 두 종류의 먹이가 있어야만 하는 짐승, 무리생활하지 않는 짐승의 꿈.

요 며칠은 마음대로 걸을 수 없는 나날이었고 나는 무언가와 싸우다 다쳐 앞발로만 움직이는 동물이 된 기분을 느꼈다. 배는 그런대로 채워지지만 무릎 어디쯤이 계속 쓸리는 것만 같은 기분. 등허리에 올라타 있는 외로움이 금방이라도 목덜미를 콱 물어버릴 것만 같은 기분.

어떻게든 되라는 식으로 오랜만에 바깥 길을 걸었다. 뒷발로 밥을 먹는 건 오랜만이어서, 정말이지 초보자의 연주곡 같은 템포의 발걸음이었다. 공기가 이렇게 맛있는 거였구나 느끼는 순간에는 외로움도 사그라져 기승을 부리지 않았다.

집으로 돌아오는 길 어떤 나무에는 알 수 없는 솜털 꽃봉오리가 맺혀 있었고 보도블록 옆에는 이미 아주 조그만 들꽃이 피어 있었다. 다음 달에는 누구에게라도 전화를 걸어 우리 다음 주에 벚꽃 보러 가요 눈병에 걸렸어도 보러 가 줘요, 다소간 철없이 졸라보기도 할까, 그런 생각을 하기도 하였다.

—

안부

어디 아픈 데 있냐고 물어봐 주는 일은 가끔 멀쩡히 서 있던
사람마저 넘어뜨리곤 한다. 괜히 넘어지고 싶게끔 한다.

–

나의 불확실성들

아주 오래전부터 비자나무 숲, 비자림이라는 숲을 향한 이유를 알 수 없는 환상이 있었다. 비자나무가 어떤 나무인지, 어떻게 생겼고 어디에 있는지도 제대로 몰랐으면서.

맨 처음 비자나무 숲에 관한 이야기를 듣게 된 것은 좋아하는 시인의 책으로부터였다. 박연준 시인이 쓴 〈소란〉이라는 산문집을 읽을 때였는데(나는 시인들이 쓴 시집 아닌 책들을 그렇게도 좋아한다), 그 안에 들어 있는 글 중 하나의 제목이 바로 '비자나무 숲'이었다.

작가는 글 안에서 나와는 다른 방식으로 숲을 느끼고 있었다. 신발을 벗고 스타킹만을 신은 발로 축축한 흙을 밟고, 마치 식물의 호흡법처럼 느리게 숨을 쉬고 주변을 관찰하는 방식(어쩌면 나는 나와는 다른 방법으로 숲을 느끼는 작가 때문에 그 숲이 궁금해졌던 건지도 모른다). 비자나무 숲은 그 이야기 안에서 아주 신비로운 숲으로 묘사되고 있었다. 아주 울창하고 태초의 모습 그대로 보존되고 있을 원시의 숲. 도로 확장 공사 때문에 숲이 꽤 많이 사라질 수도 있다지. 몇천 년을 있었겠지만 앞으로 몇천 년이 또 보장될지는 알 수 없는 숲이 궁금하였다. 어쨌든 나는 멋대로 비자나무 숲의 광경을 머릿속에 그려두었고, 언젠가 제주의 비자림에 간다면 꼭 그곳을 실제로 가볼 것이라고 결심했다. 그리고 그전까지는 비자나무의 모습을 실제로 찾아보지도 않았다. 직접 두 눈으로 그 감동을 느끼고 싶었다.

차를 몰고 비자림으로 향하는 동안 여러 숲을 스쳐 지나갔다. 제주도의 여느 도로가 그렇듯 숲과 도로가 가까웠다. 꼿꼿하게 위아래로 잘 뻗은 키 큰 나무들이 이룬 숲이 나를 점점 기대하게 했다. 그러니까 이런 숲이 아주 광활하게 펼쳐진 숲이란 말이지. 너무 좋겠다.

비자림은 내가 생각했던 그것이 아니었다. 원시림이라는 말이 어쩌면 그렇게도 안 어울리는지. 입장료를 내고 티켓을 보여주니 그 앞으로는 인간이 아주 잘 닦아놓은 길이 펼쳐지고 있었다. 그냥 길이었으면 그래도 좀 나았을 텐데 온갖 돌이며 팻말들로 대놓고 이것은 길입니다, 하고 꾸며둔 길이었다. 어떻게 보면 도로에 가까운. 내가 좋아하는 그 작가는 어떻게 이 길 밖으로 걸어 나가 신발을 벗을 생각을 했을까? 엄두를 낼 수 없었다. 어쩌면 그 작가가 찾았던 비자나무 숲은 이곳이 아니었던 걸까. 나는 아주 조금 더 걷다가 발길을 돌려 도로 숲을 빠져나왔다.

비단 내 것만 그런 것은 아니겠지만, 당연히도 그렇겠지만, 삶은 계획대로 흘러가지 않는다. 날씨가 그랬고 일의 흐름이 그랬다. 꼭 여행을 떠났을 때 안 걸리던 감기에 걸렸다. 사랑이 정말 사랑이구나 깨달으면 그 사랑은 어김없이 떠나갔다. 몇 달 전부터 준비했던 프랑스 출장은 여러 사정으로, 특히 모든 지구인이 다 아시는 그 전염병으로 인해 취소되었다.

그래서 계획대로 되지 않은 내 삶이 불행하냐고 누군가 묻는다면 글쎄 모르겠다. 비가 오고 그러냐, 혼잣말을 하다가도 가만히 생각해 보면 나는 원래 비 오는 날을 좋아하는 사람이었고 일이라는 건 오히려 잘 풀리면 불안한 거였다. 감기기운 탓에 숙소에 홀로 누워 있으면, 거기에서 가만히 숨을 쉬고 있으면, 묘하게 다른 공기의 맛과 바깥의 소리가 나를, 내 영혼을 어딘가로 잠깐 데리고 갔다 돌아온 기분이 들었다. 새로운 사랑은 반드시 찾아온다. 프랑스가 아닌 제주에서는 그 어느 때보다도 많은 글을 쓰고 있다.

어릴 땐 한 번도 작가가 되리라고는 생각해본 적 없었다. 지극히 평범한 삶을 살기를 원한 적은 없었으나(물론 이제는 평범한 삶을 사는 것이 얼마나 어려운 일인지를 안다) 그게 작가의 삶이 될 줄은 몰랐던 거다. 교복을 입던 시절의 그 친구들이 아주 많은 나이를 먹고 나서도 곁에 있을 줄 알았다. 지금은 그들 중 대부분이 어떤 시간을 보내고 있는지, 어디에 있는지, 여전히 페퍼로니 피자를 좋아하고 한 브랜드의 신발을 모으고 있는지를 나는 알지 못한다. 물론 일시적으로는 좌절됐지만, 한 번도 프랑스로 작업 출장을 떠나게 되리라고 생각한 적도 없었다. 이제 나는 과거의 내가 그래왔다고 해서 미래에도 과거와 같은 흐름으로 흘러갈 것이라고 함부로 예측하지 않는다. 그게 삶의 어떤 부분이 됐건 말이다.

나는 음악을 임의 재생 모드로 듣는 것을 좋아한다(맨날 들었던 순서대로 들으면 뒷줄에 있는 아이들은 잊혀서 슬프잖아, 그런 쓸데없는 감정이입 때문에). 어느 날에는 임의재생으로 노래를 크게 틀어두고 침대 위에 늘어져 시간을 죽이고 있었다. 꼭 듣고 싶은 노래가, 정확히는 꼭 듣고 싶은 가수가 있었다. 문득 떠오른 가수였다. 하지만 지금 당장 몸을 일으켜 노래를 찾아 듣기에는 좀 지쳐 있었다. 더군다나 천 곡이 넘는 재생 목록에서 딱 두 곡만 들어 있는 그 가수의 노래를 찾는 일은 은근히 성가신 일이었다. 그런데 이게 웬일. 저 멀리에 떨어져 있는 핸드폰이 내 기분의 알고리즘을 파악한 것도 아니었을 텐데, 별안간 그 가수의 목소리가 들려오는 거였다. 그리고 그다음 곡도 그 가수의 노래였다. 소름이 돋았다. 플레이리스트 중 딱 두 곡만 있는 같은 가수의 곡이 연달아 재생될 확률은 얼마나 희박할까? 또 내가 딱 필요로 했던 그 순간에 재생될 확률 말이다.

나라는 사람은 그런 방식으로 또 한 번 인생에게 두들겨 맞는 것이었다. 삶이 원하는 방식대로 흘러가지 않듯, 그래서 난처한 날도 많이 있었듯, 삶은 그렇게 기대하지 않는 와중에 선물 같은 우연을 턱 턱 내놓기도 하였다. 그러니까 지금 그 노래들을 못 들을 거라고 반쯤 포기하고 있었던 거지? 과연 그렇게 될까? 라며, 나를 비웃듯이.

인생이 계획대로 흘러갈 것이라고 믿는 것은 얼마나 무모한 일이고, 또 그러길 바라는 일은 얼마나 막연한 욕심인가. 이제야 조금 나는 세계를 똑바로 볼 줄 안다. 인생은 당연히도 계획대로 흘러가지 않지만, 헤매다 다다른 막다른 골목에서 고양이를 마주치거나 기대하고 목적지로 삼았던 곳보다 예쁜 장소를 사고처럼 마주치는 일은 또 그 나름대로의 행복감을 가져다준다.

비자나무 숲으로 가는 길, 도로변에서 보았던 그 아름다운 나무들이 자꾸 기억에 밟혔다. 여차여차 찾아보니 그것들은 비자나무가 아니라 편백이란다. 나는 그날 비자나무 숲에서 행복하진 못했지만, 편백의 이름을 새로 알게 됐다.

나의 불확실성들은 아름답다. 수많은 확률을 뚫고 듣고 싶은 가수의 곡이 연달아 나오는 일. 비자나무를 보러 가는 길에 편백나무 숲을 들여다본 일. 프랑스가 아니라 제주도의 시간을 살아내는 일. 색달해변의 서핑하는 사람들을 보며 아, 멋있긴 한데 나와는 먼 이야기겠지, 내가 무슨 서핑이야, 그렇게 도리질을 치다가 문득 닭살을 돋아내는 일. 그 닭살 안에서 미래의 언젠가 파도를 타고 있는 나를 흘긋 훔쳐보는 일.

앞으로 내 인생은 어떻게 될까? 기어코 프랑스에 살고 있을까? 아니면 어느 해변에서 서핑을 하고 있을까? 격투기 선수나 재즈 피아니스트가 되어 있을까? 하나도 아는 것은 없지만, 나는 삶이 내게 건네주는 그러한 불확실성들을 이제는 서서히 사랑하고 있다.

오늘은 아침부터 비가 많이 오고 있다. 어젯밤 자기 전에 혼자 아침 동백동산 산책을 하겠다고 마음먹었는데. 그리하여 어쩔 수 없이 머무는 숙소에서는 커피를 엎었다. 휴지로 치덕치덕 커피를 닦아내는 도중엔 또 어떤 유튜브의 알고리즘을 통해 좋은 앨범을 몇 장 찾았다. 후쿠이 료의 재즈 피아노 앨범은 은근히 빗소리와 잘 어울리는구나. 역시 세상은 계획했던 그대로 흘러가지 않는다. 하지만 그런대로 괜찮다. 어쩌면 이 느리고 촉촉한 아침이 어젯밤에 기대했던 산책보다 좋은 시간을 내게 주고 있는 건지도 모른다.

영원의 상자

　그 상자를 발견한 건 어느 날 청소를 하고 있을 때였다. 아주 오래전, 그러니까 내가 이십 대 초반일 때 큰맘 먹고 샀던 조금 비싼 신발의 상자였다. 신발의 포장답지 않게 직사각형이 아니라 정사각형에 가깝게 만들어진 상자. 왠지 기분이 좋아지는 하늘색 톤에, 뚜껑에는 큼지막하게 랑방 사의 타이포그래피와 로고가 양각으로 들어가 있다. 나는 싹싹한 편인가 대충대충인 편인가 헤아려보자면 때로는 후자 쪽으로 쏠리기도 하는 편이어서, 상자를 눈앞에 두고도 도대체 과거의 내가 그 안에 뭘 넣어두었던가를 전혀 기억해낼 수 없었다. 아주 흉물스럽고 괴기스러운 무언가가 들어 있기라도 할까, 괜히 무서워 눈을 질끈 감고 아주 천천히 상자 뚜껑을 열었다.

　상자 안에는 잉크가 다 지워져 무슨 영화의 표인지를 알 수 없는 영화표 뭉치, 안경 수리와 병원 진료, 집안 사정 등등,

대부분 거짓말로 받아냈을 조퇴증과 야간자율학습 불참 종이, 친구들과 찍은 스티커 사진 같은 것들이 오밀조밀 묶여 들어 있었다. 아마 과거의 내가 추억거리들을 모아 그 상자 안에 담아둔 모양이었다.

그리고 거기에 '그 편지들'이 있었다. 한 명이 아닌, 나를 스쳐 간 거의 모든 애인이 내게 써 주었던 러브레터들. 내가 조금 더 정이 많고 세심한 사람이었다면, 한 명 한 명의 편지를 각각 상자를 마련해 따로 담아두었을까, 순간 그런 생각이 스쳤다. 그도 그럴 게 또 편지는 편지끼리 차곡차곡 겹쳐져 쌓아올려 있었기 때문에.

들춰보는 건 거기까지만 해두고 하던 청소나 마저 해도 됐을 텐데, 어느새 나는 이상한 호기심과 추억에 이끌려 그 편지들을 하나하나 읽어보고 있었다. 조심스레 봉투를 열어 찢어지지 않게 편지를 꺼낸다. 접혀 있던 결을 따라 펼치고 검지와 엄지만으로, 또 눈빛과 공기의 속삭임만으로 그것들을 읽었다. 하나를 읽으면 다시 역순으로 그를 정리했다. 엄지와 검지로 접혀 있던 결을 따라 편지를 접었고 찢어지거나 구겨지지 않도록 조심스레 봉투 안에 넣었다. 나름의 연약한 뚜껑을 덮는다. 어떤 편지는 이미 찢어져 있었고 어떤 편지는 알 수 없는 얼룩에 몇 글자를 읽지 못하게 되어 있었다. 그것들은 또 그것 나름대로 조심스레 다루었다.

받을 때는 눈치 채지 못했는데, 거의 모든 편지가 내게 비슷한 말을 건네고 있었다.
언제까지나 곁에 있겠다는 말이었다. 그리고 지금 내 곁에는 그 누구도 남아 있지 않다.

언제까지나 내 곁에 있어 준다고 말했으면서 지금은 왜 옆에 있지 않으냐고, 입만 살아 있었던 거냐고 그들을 탓하려는 것은 당연히 아니다. 각자의 제철로부터 계절이 많이 흘렀고 그러는 동안 나 역시 미움을 많이 받기도 했을 것이다. 반대로 내가 곁에 있어 주지 못하고 끝내 떠나버린 관계도 있었을 거고, 약속이 무색해지도록 서로 물고 뜯어대다 끝나버린 연애도 있었을 것이다.

그보단 연애의 어떠한 덧없음에 관해 조금 생각했다. 영원을 약속하는 편지들만 이 상자 안에 들어 있고 그 편지의 주인은 여기에 없다. 내 편지도 누군가의 상자 안에 있을지 모른다. 그러나 나는 그들의 곁이 아니라 여기에 있다. 수많은 사람이 또 수많은 사람과 마주치고 또 갈려 나가며 점점 동그라미의 모양이 된다. 사람의 동그라미에는 겁과 어른다움이라는 윤활유가 발려, 인연이라는 이름으로 왈칵왈칵 걸리거나 마주쳐 머무를 수 있는 가능성은 계속 줄어든다.

까맣게 잊고 있었던 한 사람이 떠올랐다. 우리는 같은 나이였고 또 어렸다. 그날 우리는 술을 많이 마셨는데, 얼마나 많이 마셨는지 몸도 제대로 못 가눌 정도였다. 다행히도 나는 멀쩡했고 그 사람이 사는 집을 알고 있었기 때문에, 여차여차 그를 둘러업고 그 사람이 가족들과 함께 사는 집으로 느리게나마 걸어갈 수 있었다. 도착한 집 앞에서 가볍게 어깨를 흔들어 그 사람을 깨우고, 조심히 들어가라며 등을 떠밀었다. 그래도 이제는 제대로 걸어 올라갈 수 있게 되었는지 천천히 층계의 불빛이 켜지고 있었다. 그리고 왜인지 모르게 가슴이 뛰는 것이었다. 첫사랑에서의 그것처럼, 그래, 분명 첫사랑은 아닌 사랑인데도. 첫사랑은 이미 따로 있었는데도. 그건 첫사랑의 느낌이었다. 그 이전에 다른 사랑들로 인해 실망하고 아파했던 기억들은 온데간데없이 사라지고, 이 세계 속에 지금 이 순간과 심장을 부여잡고 있는 나만 존재하는 느낌이었다. 아주 까맣게 잊고 있었던 사람, 또 그 사람과의 하루였지만, 그 기억은 나도 모르는 내 깊은 곳의 상자에 고이 접혀 보관되고 있었다.

언젠가부터 지금까지, 사랑을 하게 된다면 첫사랑을 하고 싶다고 생각해왔다. 사전적 의미의 첫사랑이 아닌. 그저 이전의 사랑은 아무것도 아니었던 것처럼 순수하게 임할 수 있는 사랑. 그러니까 정확히는 '마치 첫사랑' 같은 사랑.

사람의 특성 때문에(예를 들면 나의 체질적인 부분이나 내가 수용할 수 없는 상대방의 관계 타입 같은), 또는 여의치 않은 당장의 조건들 때문에 '마치 첫사랑' 같은 사랑을 할 수 없을 것 같으면, 그리고 그때가 본격적인 연애가 시작되기 전이라면, 나는 거의 도망치듯 지금의 유사 로맨스를 그만두었다. 이대로 가다간 아예 그 무엇도 시작되지 않거나 아주 못된 방향으로 관계가 시작되고 또 폭력적으로 박살나거나 망쳐질 것만 같았다.

'우리는 좋은 친구'라는 그 애매한 말도 내가 가장 무서워하는 것들 중 하나였다. 왜 '우리는 연애할 수 있는 가망이라곤 눈곱만큼도 없는 단조로운 친구 사이입니다'라거나 '우리는 연애를 염두에 두고 있는, 그러나 일단은 연애를 시작하지 않은 관계입니다' 같은 말은 보편적으로 사용되지 않는 걸까. 나는 어느 쪽으로는 굉장히 융통성이 없고 멍청해서, 각각의 관계를 그런 식으로 정의 지어놓을 수 있다면 얼마나 좋을까, 가끔 생각하곤 한다. 내가 몰래 마음에 품은 사람이—어쩌면 그 사람도 나를 마음에 품었던 건지는 몰라도— 휘명 씨같이 다정하고 '좋은 친구'를 알게 되어서 정말 기뻐요, 식의 말을 하는 순간, 나는 덜컥 겁을 집어삼키곤 했다. 그 순수하고도 다정한 말에 도리어 겁을 먹어버렸던 거다. 어쩐지 나는 친구라는 영역을 앞으로도 벗어나지 못할 것만 같아, 그 반대쪽으로 서서히 서서히 가라앉다가 줄곧 멀어지곤 했다. 그래, 마치 너무 맑은 물에선 오히려 살지 못하는 종의 민물고기처럼.

물론 연애가 시작되지 않았어도, 또는 '우리는 좋은 친구'라는 말을 입에 담으면서도 나와 그저 하룻밤을 보내길 원하는 사람도 종종 있었다. 그러나 나는 단 한 번도 그들과 밤을 보내지 않았다. 내가 원하는 것은 사랑이지 몸이 아니었다. 슬프고 외로운 섹스는 하고 싶지 않았다. 그리고 앞으로도 그럴 일은 없을 것 같다.

그런 아주 희박하고 답답할 수도 있는 확률과 과정들을 뚫고, 어쩌다 아주 어쩌다 연애가 시작되어도 그건 그것 나름대로 고역스러웠다.

우리는, 그러니까 나와 당시의 연인은 골목의 어두운 틈이라면 그게 어디가 됐든 찾아 숨어 들어가기를 즐겼고 그 안에서 입을 맞추는 일을 사랑했다. 자신이 지닌 가장 연약하고 때로는 지독하기도 한 속살들을 내비치는 것을 주저하지 않았고 별것도 아닌 일에 화를 내고 별것도 아닐 일을 트집 잡았다. 치지 못하는 기타와 피아노곡에 괜히 서로의 이름을 붙이곤 들어보라고, 이건 오늘부터 네 노래라고 알려 주었고 그렇게까지 좋아하는 건 아니었던 닭발과 빵과 과자 같은 것들을 좋아하는 척하며 먹어 치웠다. 서로의 침대에서 서로의 침대로 뛰어들었고 얼마간 포개어졌다.

그러다 별안간 떠올리게 되는 거다. 어쩔 수 없이 기억해버리는 거다. 이 사랑은 내 맨 처음의 사랑이 아니고 나는 이미 끝나버린 언젠가의 사랑들로 인해 어른이 돼버렸다는 걸. 한 번의 사랑은 너무도 미안하였고 다른 한 번의 사랑은 팔과 다리를 뜯어내는 것처럼 아픈 배신을 내게 저질렀다는 걸. 한 번의 사랑은 내게 최고의 다시없을 기쁨을, 그러므로 이후로 절대 어떤 자극으로도 만족하지 못할 역치를, 한 번의 사랑은 권태로움을, 한 번의 사랑은 무기력을…….

나는 그때마다 아직 떠나지 않은 이 사람이, 훗날 결국 나를 떠나갈 것이 두려워져 아이처럼 굴기 시작했다. 날 떠나거나 집에서 내보내지 말라고. 나를 사람들이 이별하는 장소, 그러니까 버스 정류장이나 지하철역 앞에 있는 사람으로 만들지 말라고, 나를 밤의 골목에서 취해 있는 사람으로 만들지 말라고 미리 징징댔다.

그리고 정신을 차려 보면 그 사람은 나를 떠나간 뒤였다. 질려버렸던 거다. 원래대로라면 내가 아직은 그런대로 마음에 들어, 앞으로도 당분간은 머무를 계획이었을 텐데, 나는 그렇게 어떠한 것들로 지레짐작하고 겁을 먹어서 일을 미리 망쳐버렸던 거다.

이후로는 추운 나날이 계속되고 있다.

사랑은 시작되지 않았고 시작되어도 금방 마감됐다.

좀 걸어야 할 것 같아, 사랑이 아니겠지 나는 사랑하지 말아야지 속삭이며 오래 걸었다.

오늘 아침 산책길엔 작은 텃밭을 보았다. 거기에 대파가 몇 뿌리 심겨 있었다.

대파 한 뿌리의 끝에서 파꽃이 피어나고 있었다.

사람에 의해 심기고, 그곳에 심어졌는지도 잊히고 난 오래
뒤,

나름대로 예쁨 받기 위해, 여기에 아직 내가 있다고 말하기
위해 애처롭게 피워낸 파꽃.

그게 나는 괜히 나인 것만 같아 아침부터 슬픈 거였다.

—

이중성

나는, 이 아닌 그는, 으로 풀어나갔을 때
더 울림이 큰 이야기들에 대하여.

–

상상

 어제는 바다에 관한 글을 써보려 일부러 바다 구경을 하지 않았다. 실재하는 풍경보단 나의 상상력에 의존하기로 했기 때문이다. 꽤 자주 그런 식으로 썼다. 숲에 관한 글을 써야 하는 날에는 실수로라도 숲을 보지 않기 위해 그 흔한 잔디밭의 초록색마저도 경계했다. 키스의 감촉과 과정에 대해 설명해야 하는 날에는 키스를 하지 않았다(그건 원래 못하고 있잖아?). 해피엔딩이 필요한 소설에게는 다소 습기 찬 타이핑으로 작별 인사를 보냈다. 만일 숲속에서 숲에 관한 글을, 키스와 함께 키스 이야기를, 해피한 기분으로 해피엔딩을 썼다면, 늘 그랬다면 아마 나는 내가 지닌 상상력의 절반도 발휘하지 못한 채로, 스스로에게 만족스럽지 못한 글을 썼을 거라고 생각한다. 아이러니하지만, 때때로 나는 내 상상력을 위해 그렇게 적어도 한 가지 이상의 감각을 포기했다. 되도록 글쓰기 소재와 밀접한 관계에 있는 감각을.

말했듯 어제는 바다에 관한 글을 쓰기 위해 바다 구경을 하지 않았다. 사방팔방이 바닷가인 섬에서 바다를 보지 않는 일은 꽤 쉽지 않았다. 저 멀리에 띠처럼 얇게 둘린 바다의 윤곽만 봐도 글을 제대로 써내지 못할 것 같아 두려웠다.

바다에 관한 글을 써야겠다고 마음먹은 건 저번 주쯤 문득 품은 호기심 때문이었다. 그 호기심의 이름은 '망망대해 위에도 눈은 내릴까'였다.

당연히 눈이 내리긴 하겠지. 하지만 본 적이 없으니 궁금해지는 거다. 어떻게 보면 바다의 가장자리라고 할 수도 있는 해변에서 눈을 맞아본 경험은 있다. 눈은 눈대로 흩날리고 있었고 바다는 바다대로 나름의 일을 하고 있었다. 하지만 그건 어딘지 모르게 따로따로인 것 같았다. 눈앞에 바다는 분명, 수억 년 전부터 그래왔듯 존재했고 눈도 포슬포슬 내리고 있었지만, 시력이 나빠져서인지 어째서인지 눈이 바다에 섞이거나 바닷물과 몸싸움을 하거나 패배를 선언하듯 녹아 사라지는 모습은 볼 수가 없었다. 그것들은 내가 보지 못하는 형태로 어딘가로 어떻게든 존재하거나 사라지고 있었다. 아니, 그렇다고 짐작할 수밖에 없었다.

그러니까 해변이 아닌 망망대해, 태평양이나 대서양 한가운데의 위로 눈이 흩뿌려지는 모습은 더더욱 상상해낼 수가 없었던 거다. 드론이나 갈매기의 시점처럼, 위에서 아래로 내려다보는 바다의 위로 눈이 흩뿌려지는 모습은 내가 기억해내지 못하는 전생의 장면처럼 머릿속에 그려질 듯하다가도 그려지지 않았다.

바다에 관한 글을 최대한 잘 쓰기 위해 바다를 보지 않았고 쓰고자 하는 것에 대해 상상해보려 애썼지만, 결국 나는 '망망대해 위에도 눈은 내리는가'에 대한 글을 완성하지 못했다. 이렇듯 여러 부단한 노력 끝에도 상상력이 성공적으로 발현되지 못하고, 그래서 글을 제대로 마무리 지을 수 없는 날도 제법 많다. 상상을 허탕 치는 거다.

비둘기의 죽음에 관한 상상도 그렇다. 교복을 입기도 한참 전부터 나는 쓸데없이 그게 궁금했다. 물론 초등학생이었던 어느 날 버스에 깔려 죽은 비둘기를 본 적은 있지만, 내가 궁금했던 것은 비둘기들의 자연사였다. 일생 내내 죽음에 이르는 사고를 겪지 않고 충분히 늙은 비둘기들은, 어디로 가서 무사히 죽을까? 왜 인간은 비둘기들의 그러한 순조로운 죽음을 보지 못하는 걸까? 나는 그것을 궁금해하는 글을 언젠가 한 번, 그에 관한 시 또한 한 번 쓴 적이 있지만, 결국에는 상상을 마무리 짓지 못하고 여태껏 품고만 있다. 종종 머리털이 하얘진 비둘기가 힘없이 숲속으로 들어가 이불 같은 것을 덮고 눕는 우스꽝스러운 망상만 할 뿐이다.

우리는 웬만하면 알지 못하는 것에 대해서 상상하지 않는다. 그럴 필요성을 못 느껴서 그런 건지도 모르겠다. 하지만 나는 그런 것들에 대해 상상하는 것을 즐긴다. 인간 자체가 그런 시스템을 지닌 채로 태어나서일까? 어쩌면 직업적 특성 때문에 얻게 된 생활패턴일 수도 있겠다.

나는 오늘도 상상한다. 오늘은 무엇에 대해 생각해볼지를 고민하는 건 마트에서 신선한 식자재 같은 것을 쇼핑하는 것처럼 즐겁다.

오늘은 동영상 하나를 봤다. 아직 과학이 해결하지 못한 이상한 소리들을 모아놓은 영상이었다. 영상으로부터 들려오는 어떤 소리는 호수에서 나는 폭발음 같은 것이었고 어떤 것은 러시아의 용도를 알 수 없는 단파 라디오 소리였다. 사막에서 나는 모래의 울음소리도 있었다. 그중 내게 가장 흥

미롭게 다가왔던 건 '가장 외로운 고래'라는 이름이 붙은 소리였다.

1989년 잠수함을 도청하기 위해 개발된 수중 청음기를 통해 맨 처음 들려온 기묘한 소리였다. 그 소리는 대왕고래나 큰 고래 종류의 울음소리 같지만, 주파수는 전혀 달랐다고 한다. 고래가 내는 소리의 주파수는 보통 15~25Hz 정도지만 문제의 소리는 52Hz로 너무 달랐다는 거다. 이 소리는 맨 처음 소리를 들은 과학자가 세상을 떠난 2004년 이후에도 매년 들려오고 있다. 과학자들은 이와 비슷한 소리조차 찾을 수 없었기 때문에 고래의 변형종이나 잡종 고래가 내는 소리일 가능성을 생각하고 있다. 정말 고래가 내는 소리가 맞다면 이 고래는 아마도 세계에서 가장 외로운 고래라고 할 수 있을 거라고 한다. 여기에서 가장 외로운 고래라고 한 것은 주파수가 다르다면 다른 고래와 대화가 불가능하기 때문이라고. 그러니까 우리가 고래의 주파수를 들을 수 없는 것처럼 다른 고래도 그 고래의 주파수를 들을 수 없기 때문이란다. 만약 그게 외로운 고래가 내는 소리가 정말 맞다면, 못해도 200m가 넘는 크기의 고래일 거란다. 세상에 알려진 가장 큰 고래가 30m 조금 넘는 흰긴수염고래니까, 200m는 너무 과장된 게 아닐까 싶지만, 아무튼.

외로운 고래를 상상한다. 대양의 숨기 좋은 깊은 곳을 헤엄치는, 그 누구와도 말이 통하지 않는 200m가 넘는 외로운 고래. 자신과 닮은 존재들과도 말이 통하지 않는, 그러니까 누구에게나 외국인인 존재. 소멸 직전의 언어를 쓰는 존재. 아마 그 고래가 늙어 죽어버린다면 그의 모국어는 역사 속으로 사라질 것이다. 고래는 누구도 알아들을 수 없는 말을 왜 자꾸 바다의 사방으로 쏘아대는 걸까. 누가 듣기를 바라는 걸까. 누가 듣기를 바라는 것이 사실은 아닌 걸까. 그저 외롭다고 혹은 무섭거나 아프다고 앓는 소리를 내는 걸까.

꼭 먼 바다의, 있는지 없는지도 모르는 신비로운 고래가 아니더라도 상상의 잠재적 주인공은 많기도 많다. 아침에는 새벽부터 내리던 비가 그치지 않고 있었는데, 자신을 좀 쓰다듬어달라며 다가온 고양이의 몸은 놀랍도록 뽀송뽀송했다. 어디에 숨어 털을 고르다 그렇게 뽀송뽀송한 몸으로 손을 받아내어 준 건지, 나는 또 금세 멍해져서 '상상 모드'가 되었다. 저기 시골길 어디쯤의 오솔길을 타고 들어가면 고양이 전용의 건식 사우나가 있지는 않을까 하는, 조금은 엉뚱한. 저 멀리에 있을 땐 분명 갈색 강아지였는데 가까이 다가가면 보이는 건 흔한 크라프트 쇼핑백이었다. 날렵하게 이리저리

움직이는 검은 고양이도 가까이 다가가면 그저 바람에 휘날리고 있는 비닐봉지였다. 나는 그것들 역시 강아지 요정 고양이 요정의 둔갑술이 아닐까 하고 망상했다.

누군가는 이런 내게 상상력이 과할 정도로 풍부한 게 아니냐고 핀잔을 줄 수도 있겠지만, 나는 이런 내가 좋다. 스스로가 종종 너무도 웃기고 멍청해 보여서 참을 수가 없다. 멍청한 사람이 이상형인 사람에겐 어쩌면 내가 이상형으로 비칠 수도 있을 것 같은데, 그런 생각도 한다. 아마 내일도 내일 하루 치의 망상과 상상 속에서 허우적대겠지. 뭐가 됐든 좋다. 어쩌면 그러한 집요한 상상들 때문에 내가 지금 이 일로 밥을 먹고 살아가고 있는 건지도 모르고.

–

없는 노래

연희초등학교 건너편의 카페에 간 적이 있다. 잔잔한 음악이 연이어 흐르는 곳이었다. 그중 몇몇 곡은 그냥 지나치기엔 너무도 내 마음에 쏙 드는 곡들이었다. 안 되는 게 없는 세상이다. 알고 싶은 노래가 있으면 그저 핸드폰을 가져다 대면 된다. 분석이 끝나면 얼른 제목을 알려준다.

물론 분석되지 않는 노래도 있다. 정식 음원이 아니거나, 너무도 제3세계의 음악인 것들은 핸드폰도 찾아내지 못한다. 그날도 그랬다. 정말 마음에 드는 음악을 결국 찾아내지 못했다. 그 음악은 내게 영원히 없는 노래로 남았다. 알려만 준다면 사장이 시키는 일을 무엇이든 하고 싶다고 생각했다.

언젠가는 그러한 희귀하고도 쉽지 않은 고급 정보를 무기로 삼는 시대가 오지는 않을까. 이거 알려주면 나랑 만나 줘야해, 뭐 그런 사랑의 무기로. 또는 카페 전국시대에서 우리 가게의 흥망을 가르는 비장의 무기로.

—

못 보는 얼굴

"오랫동안 버리지 못하는 것이 있나요?"

그런 질문을 한 달에 한 번 정도씩은 꼭 해야 한다. 글쓰기 강의를 듣는 수강생 여러분에게 건네는 것이었다. 그날의 글쓰기 소재를 끄집어내기 위해 물은 질문에 지금까지 수백의 수강생 여러분은 갖가지 대답을 주셨다.

"유치원에 다닐 때부터 껴안고 잤던 애착 인형이요."
"아버지가 대학생 때부터 입으셨던 코트요."
"저는 미니멀리스트라는 거 한번 해보려고 저번에 오래된 물건들을 싹 다 버렸어요."
"지금까지 써온 일기장 모두요."
"한 달에 한 장씩 찍은 스티커 사진이요."

"그런데 작가님은요? 작가님도 오랫동안 버리지 못하는 게 있어요?"

하루는 누군가가 그렇게 반대로 물어왔고, 나는 좀 갑작스러워 어물어물 어떤 대답도 하지 못했다. 몇 달 뒤 비슷한 질문을 다시 들었을 때도 별다른 대답을 못 했다. 해봤자 시시한 대답뿐이었다. 그때마다 당황스러웠고 스스로에게 궁금해졌다. 정말 버리지 못하는 게 하나도 없느냐 하고. 잘 생각해 보면 있지 않느냐고. 두 시간 남짓한 강의 시간은 그때도 흐르고 있었다. 얼른 강의를 이끌어가야 했다. 그렇게 나의 궁금증은 오래가지 못했다.

성산 일출봉이 잘 있는지 궁금해진 것은 제주도로 향하는 비행기 안에서였다. 그전까지 내게 그곳은 잊힌 섬이었다. '성산 일출봉'이라는 다섯 글자도 아예 내 세상에 없는 단어였다. 제주는 참 오랜만이구나. 맨 처음 고등학교 수학여행 왔던 때 이후로 처음이니까, 십 년 정도가 지나버리고 나서야 다시 오게 된 거네. 그렇게 아주 오래전에 내가 제주에 있었다는 것을 간신히 떠올렸을 때, 그제야 성산 일출봉이라는 다섯 글자는 떠올랐다. 그마저도 제주에 무엇무엇이 있을까, 그땐 어딜 갔었더라 생각하다가 간신히 떠올린 거였다.

그때 나와 그 사람은 우리라는 이름으로 제주에 있었다. 성산 일출봉의 잔디밭 위였고 열여덟이었다. 지나가는 사람을 잡고 사진을 찍어달라고 말하고 있었다. 카메라 앞에서 서로의 허리에 팔을 두르고 있었다. 그 사람은 사진을 찍는 순간 웃다가 그만 흠칫 눈을 감아버리고 있었고 나는 햇볕 탓에 미간을 찌푸리고 있었다. 입 모양으로만 웃고 있었다. 그 찰나의 순간이 정말로 찰나일 줄 알았다면 우리는 더 예쁜 표정들을 지으려 노력할 수도 있었을 텐데. 교복의 시간이 그렇게 흘러가고 스무 살의 시간, 스물넷 언저리의 시간이 흘러갈 때도 우리는 종종 멀어지기도 했지만 드문드문 애틋하게 함께였다.

그 사람은 지금 내가 아닌 누군가와 우리라는 이름으로 어딘가에 있다. 일출봉이 아닌 유럽 어딘가의 바다에서 뒤죽박죽 해맑아진 얼굴로 사진을 찍고 있을지도 모른다.

일출봉은 일출봉으로 있었다. 다만 그날의 일출봉은 아니었다. 그날의 날씨는 살아온 삶의 어느 날보다도 맑았는데, 다시 찾은 일출봉의 하늘은 금방 뭐라도 쏟아버릴 듯 먹먹했다. 그땐 잔디밭 위로 사람들이 다닐 수 있었던 것 같은데,

이제는 잔디밭의 가장자리가 모두 울타리 같은 것들로 막혀 있었다. 그런 식으로 일출봉이 일출봉으로 있었다. 우리라는 이름은 아니지만 나와 그 사람이 여전히 각자의 자리에 존재하듯. 일출봉은 조금은 처연하게 그대로 있기는 했다.

숙소로 돌아와서는 옷도 갈아입지 않고 책상 앞에 앉았다. 그리고 펜을 잡았다.

나 일출봉에 다녀왔어. 너도 우리가 그때 거기서 함께였던 걸 기억해? 나는 문득 그때 우리가 서서 사진을 찍었던 잔디밭이 어디였는지 좀 궁금해져서 그곳을 찾아보기로 했어. 그런데 너무 오래돼선지, 아니면 오래전 그날과 최근의 그날이 다른 날씨와 습도를 내비치고 있어서인지 그곳을 찾을 수가 없었던 거야. 그냥, 내내 헤매는 기분이었어. 미아가 되어가는 기분이었어. 만약 몇 시간 전의 내가 우리가 서 있던 곳을 기억해내고 또 찾아냈다면, 뭔가 달라지지 않을까 하고 기대했던 걸까? 당연히 우리 사이가 다시 어떻게 된다거나 그런 걸 바랐던 건 아니야. 우리는 너무 멀리 왔잖아. 그냥 내 기분이 괜찮아진다거나 그런 걸 기대했던 것 같아. 하지만 지금 차분히 생각해보건대 아마 달라지는 건 아무것도 없었을 거야.

그때 우리가 찍었던 사진은 클라우드의 이천년대 초반 날짜 어딘가에 저장되어 있을 거야. 아마 그 사진을 찾아보면 그 장소를 발견해낼 수도 있었을 테지. 하지만 그냥 말았어. 구태여 사진을 찾아보지 않았어.

그저 오랫동안 버리지 못하는 게 내게도 있었구나,
그 사실 하나를 알았으니까 그걸로 됐다고 생각해.

수억 개는 되는 것 같은 거대한 원통들이 파도를, 파도를 넘어 해일을 이뤄 나를 덮쳐오는 악몽, 내 잘못이 아니었는데 자꾸만 내가 더러운 사람으로 보이는 과거가 반복 재생되었던 악몽의 나날 속에서 내 앞에 나타나 줘서 고마웠어. 이건 아무한테도, 그러니까 너한테도 말한 적 없는 건데, 그날 이후로는 한 번도 그런 악몽을 꾸지 않았어. 지금까지도 말이야. 이제야 말해서 미안해. 그냥, 나 이제는 그런 꿈들을 꾸지 않게 됐어, 그렇게 말하면, 네가 할 일을 다 마쳤다고 생각해서 내 곁을 떠나버릴 거라고 생각했었나 봐. 유치하지.

잘 지내, 요 앞에도 한두 번 정도는 편지를 썼어. 이 편지도 아마 그것들과 같은 상자에 들어가서 영원히 보내지지 않은 채로, 어딘가에 간직되게 될 거야. 가끔 삶이 힘들어지면 이천년대 초반의 사진첩을 몰래 열어보기도 할게. 그 정도는 괜찮겠지?

결혼 축하해.

나는 짧은 편지를 썼다.

여전히 창밖의 하늘은 먹먹했지만, 그 뒤의 어딘가, 멀리 멀리의 유럽이나 아프리카일 수도 있는 곳에는 맑고 풋풋한 하늘도 있겠구나, 그거면 됐어, 그런 생각을 했다.

내게도 버리지 못하는 것, 아니, 않는 것이 있구나, 그런 생각에 웃을 수 있었다.

—

손

 그림을 배우게 되면 가장 먼저 내 손을 그리고 싶다. 내가 가진 것 중 그나마 가장 예쁜 건 뭘까, 가끔 그런 생각을 하는데, 그럴 때마다 떠오르는 건 언제나 손이었다. 남이 보기엔 어떨지 몰라도.

 기특한 것도 결국 손이었다. 시린 목덜미에 크고 두툼한 손을 두르면 오 분은 따뜻했다. 잠자리가 허전하면 조금은 기괴한 자세로 팔을 꺾어 왼손으로 오른손을 잡았다. 그러면 내 손이 내 손이 아닌 듯해서 자는 동안만큼은 덜 외로울 수 있었다. 마음 주변에 많은 걸 묶어두진 못할지라도, 손아귀에는 많은 것을 욕심대로 잡아둘 수 있어 위로가 된 날도 며칠은 있었다.

 이주 전쯤엔 가을 또 겨울에 덮는 이불을 꺼냈다. 꺼내면서 아저씨 할아버지 소리를 끙끙 냈다. 그래, 이런 게 이불이지. 그런 혼잣말을 곁들여가며.

 겨울 이불 같기를 바란다. 여름이건 겨울이건 상관없이, '옆

256

에 있는 사람의 마음'이 겨울일 때, 크고 두툼한 손이 이마를
덮어 주기를. 목을 둘러 주고 배를 만져 주기를. 두 손 가득
간식거리를 쥐어다 줄 수 있기를. 그렇게 나만의 자랑이 아
닌, 다른 누군가의 자랑거리도 될 수 있기를.

—

몇 살 차이

몇 살 차이가 괜찮아요?
몇 살 차이까지 만나보셨어요?

그런 질문을 꽤 많이 들었다. 그럴 때마다 아, 사람들은 내가 생각하는 것보다 연애에 있어서 나이 차이를 중요하게 생각하나 보다, 그렇게 생각하고 대충 넘겼다. 어째선지 그 자리에서 당장은 대답하기 싫었다. 간단한 마음가짐으로 물었을 수도 있을 질문에 나까지 간단하게 대답하면 어쩐지 안 될 것 같았다. 적어도 연애에 있어서만큼은.

책을 읽고, 여행을 떠나 산책을 하고, 꽤 오래 사색하고 나서야 아주 조금이나마, 또 느리게나마 이야기할 수 있게 됐다. 나에겐 나이 차이가 비교적 많이 나는 애인이 살면서 둘 있었다(하지만 나는 '많다'라는 형용사의 기준을 여전히 모른다).

이십 대 초반일 때 내가 만난 사람은 열 살 정도 차이가 나는 사람이었다. 아르바이트를 하는 곳에서 꽤 높은 직책을 갖고 있는 사람이었다. 거의 그 장소의 모든 일을 총괄하는.

그때 나와 동료들은 무슨 일만 생기면 다들 그 사람을 찾곤 했다. 나이도 나이였지만, 그때 그 나이의 내가 바라본 그 사람은 내가 감히 헤아릴 수 없는 성숙함들을 몸에 두르고 있었다. 입는 옷이며 가진 것들, 이룬 것들 따위의, 내가 아직 닿지 못한 세계의 모든 것이 그 사람에게 있는 것만 같았다. 그렇기 때문에 처음부터 그 사람에게 호감을 품은 건 아니었다. 그저 '멋진 선배' 정도로만 생각했었다.

어떤 하루가 있었다. 그날은 나와 그 사람 둘이서 점포를 마감해야 하는 날이었다. 그날의 모든 해야 할 일과 청소까지 마치고 '저 일 다 했어요.' 보고를 하러 그 사람이 있는 곳으로 갔는데 뭔가 기분이 이상했다. 그리고 천천히 고개를 들어 그 사람이 앉은 곳을 보니 그 사람이 울고 있는 거였다. 아직 어렸던 나는 어떻게 해야 할지를 몰라서, 청소 다 했습니다, 누구에게 건네는 건지도 모를 목소리를 바닥 아무 데나 던지곤 돌아서야 했다.

맥주 한잔할까요, 앞서 내가 던진 것과 마찬가지로 그 목소리는 바닥에 아무렇게나 던져진 말처럼 공허했다. 나는 어버 어버 이상한 추임새를 넣다가 그러자고 말했다. 그리고 아마도 그날 밤부터 우리는 같이 걷기로 마음먹었던 것 같다.

그날 이후로 우리는 다른 사람들의 눈을 피해 살짝 손을 잡거나 두 사람 모두의 일정이 괜찮은 날에 밖에서 만나 영화를 보곤 했다. 그 사람의 차에서 가끔은 입을 맞췄다. 어디까지 멀리 갈 수 있는가를 가늠하듯 최대한 멀리 걸었다. 걷다 보면 자신도 모르게 해가 지고 어둠에 익숙해지듯, 정신을 차려보면 차분해져 있는 나를 발견하듯, 영영 멀고도 다른 세계의 것이었던 그 사람의 모습들도 어느 정도는 내게 입혀져 있었다. 나를 어른으로 만들어 준 것의 못 해도 삼 할은 그 사람의 것들이었다.

풋내기와 어른의 시간이 갑작스레 끝나버렸던 건 그해 겨울이었다. 도박이었던가 사기였던가, 아무튼 일하는 곳의 대표가 큰 소동에 휘말려서 우리가 일하던 장소가 하루아침에 증발해버렸다. 그리고 무슨 까닭에선지 그 사람의 행방도 함께 알 수 없게 돼버렸다. 연락처조차도 바뀌거나 사라진 모양이었다. 근거도 없는 여러 망상과 의심들이 머릿속에서 뒤섞였지만, 그걸 정면으로 맞닥뜨리고 싶진 않았다. 그러면 정말 내가 많이 아플 것 같았다. 그저 흘려보냈다. 여기까지구나, 그렇게. 그리고 어디로 건네야 할지도 모를 마음을 속으로 외칠 수밖에 없었다. 어디에서 뭘 하건 그저 거기에 있어만 달라고. 그동안 어리석고 어렸던 나를 안아 주고 내게 밥을 먹여 줘서 정말 고마웠다고.

그 뒤로 나는 비교적 또래의 사람들을 만나 보통의(보통의 사람들이 보통이라고 하는) 연애를 하며 서서히 나이를 먹었다.

내가 서른에 가까워졌을 땐 다섯 살보다도 훌쩍 넘게 차이 나는 아이가 말을 걸어오는 날도 있었다. 사람을 잘못 봤을 거라며, 당신이 원하는 건 사실 내가 가진 게 아닐 거라며 백 번을 말려도 내가 맞다고 그게 나라고 다가와 준 사람이었다.

많이 불안정했고 모든 것이 낯설었던 일 년이었다. 그 나이에 보이는 어쩔 수 없는, 자신도 제어할 수 없는 그 사람의 치기와 어리숙함을 감내해야 했다. 사랑은 진짜였으니까 기꺼이 감내할 수 있었다. 때로는 내가 가진 것들을 이용해 많은 걸 챙겨줘야 했고 양보해야 했으며 저울질을 하지 말아야 했다. 그 사람의 장단에 맞춰주려 새로운 것들을 공부해야 했고 입지 않던 젊은 취향의 옷을 며칠쯤 양보하듯 입어야 했다.

지금 생각해보면 내가 좋아하는 모습보다 싫어하는 모습을 많이 가진 사람이었다. 좀 깜짝 놀랄 정도로 별로인 모습도 솔직히는 있었다. 하지만 그때의 우리는 그럼에도 사랑이어서, 계속, 일 년을 함께 걸을 수 있었다.

다른 것들은 어느 정도 좁힐 수 있었지만 결국 좁히지 못했던 몇몇 간격 때문에 우리는 갈라서야 했다. 갈라서던 날에도 우리는 서로의 안녕을 빌어 주었다. 그리고 그 뒤로 나는 다시 서서히 늙어갔다. 화사한 톤의 셔츠 같은 것들은 다시 옷장 깊은 곳으로 들어갔다.

물론 다시 서서히 어느 정도 늙어갈 수밖에 없었지만, 그 사람이 내게 건네준 아주 진하고 밝은 생기와 청춘의 흔적은 여전히 내 몸과 마음 곳곳에 남아 있다. 지금의 나를 조금이나마 더 소년처럼 만들어 준 것은 분명 그 아이였다.

아직도 그 아이 생각을 하면 조금 추워진다. 아주 조금이라도 더 어른스러웠던 내가, 아주 조금이라도 더 보듬어 주었어야 했는데, 너무 외롭게 두었던 건 아니었을까, 그런 생각을 하는 거다. 나는 이제라도 그 아이가 좋은 사랑을 했으면 좋겠다. '좋은 사람 만나' 따위의 착한 척, 드라마 대사 같은 말을 하는 게 아니다. 다만 그 애도 내가 스무 살 그 어린 겨울날 이후에 그러했듯 또래와의 젊은 연애를 즐기기도 하고 마음껏 울고 웃었으면 좋겠다고, 진심 어리게 바라는 거다.

나는 여전히, 몇 살 차이가 괜찮으세요, 몇 살 차이까지 만나보셨어요, 그런 물음에 쉽게 대답을 내놓지 않는다. 그리고 그건 앞으로도 변하지 않을 것 같다. 사랑에 있어서 나이는 정말이지, 뻔한 표현이지만 숫자에 불과한 거라고, 나는 늘 믿고 있다. 어떤 나이대의 어떤 사람을 만나든, 그 사람으로부터 배우고 얻고 그 사람에게 내가 베풀 수 있는 나름의 것들이 수만, 수억 가지라는 것을 나는 이제 너무도 잘 안다. 나는 앞으로도 어떤 사랑을 하든 그를 잊지 않고 최선을 다해 즐기고, 웃고 울고 싶다. 그런 내가 됐으면 좋겠다.

—

스물여섯 영심이

노영심 : 어제 친구가 결혼을 했는데요, 식장으로 걸어 들어
가는 친구 뒷모습 보면서 막 울었어요. 왠지, 아주 헤어진다
는 느낌이 들었거든요.

김창완 : 응.

노영심 : 순간 그런 생각이 들었어요. 헤어지지 않고 살 수
는 없을까 하구요.

김창완 : (웃음)

(피아노 연주 시작)

노영심 : 아저씨는 저보다 좀 더 사셨으니까 그만큼 헤어진
사람도 많을 거예요, 그죠?

김창완 : 그랬겠지.

노영심 : 그래도 좋아하는 사람들과는 헤어지지 않았음 좋
겠어요.

김창완 : 그래?

노영심 : 아저씬 더 이상 헤어질 사람이 없는 것처럼 보여요.

김창완 : 만남을 간직한다는 것은 불가능해. 언제나 헤어짐으로 완성되기 마련이야.

(피아노 연주가 끝나갈 무렵)

노영심 : 그래도 헤어지는 건 정말 싫다…….

1992년에 발매된 노영심의 1집 앨범 〈사월이 울고 있네〉에 수록된 피아노 연주곡 '안녕'의 내레이션입니다. 맨 처음 이걸 들었을 땐 그냥, 그냥 막 서글펐던 것 같네요. 친구를 영영 못 볼 것 같았다는, 그리하여 이제는 좋아하는 사람들과 헤어지지 않으면 좋겠다는 노영심의 마음도, 나도 다 안다는 듯 포근하게 대답하고 사근사근 말을 뱉는 김창완의 마음도 다 알 것 같았거든요.

유치하고 어리석은 욕심이라는 것을 당연히 잘 압니다. 저도 이래 봬도 어느덧 서른한 살이거든요. 이 나이까지 오는 동안 헤어지기 싫음에도 헤어져야 했던 날이 며칠 있었고, 지금 이대로 석고상처럼 이 사람 이 순간 그리고 장면과 굳어버렸으면 좋겠다고 생각했던 날도 많이 있었습니다. 결혼식 날에 기약 없이 '언젠가 또 보겠지'하고, 인사를 건네는 횟수가 늘어갔습니다. 또는 이별 같은 건 생각한 적도 없었는데, 하루아침에 눈 깜짝할 사이에 영영 못 보게 된 사람과 물건, 순간들도 많았던 것 같아요. 1992년 스물여섯 살의 영심이 같았던 나는, 나도 모르는 사이에, 만남을 간직한다는 것은 불가능한 거라고 생각하는 김창완 아저씨를 닮아가고 있습니다.

 하지만 오늘 같은 날이면, 그러니까 원래는 안 그랬는데 이상하게 마음이 말랑거리고 발을 헛디디기만 해도 눈물이 앞으로 쏟아질 것만 같은 날이면 나는 다시 스물여섯 영심이가 됩니다. 다시 누구도 보내기 싫어집니다.

 망원2동 마젤란 아파트 울타리 너머의 털보네 만물상은 몇 년 동안 그래왔듯 앞으로도 계속 그 자리에 있을 줄 알았습니다. 그러나 털보네는 망원 2동에 없습니다. 그 자리에는 이제 말끔한 뜨개질 공방이 있습니다. 원목 가구와 따뜻한 조명, 색색의 털실로 꾸며져서, 전에는 그 자리에 어떤 것들이 있었는지, 식당이 있었는지 만물상이 있었는지, 흰 수염이 복실거리는 털보 할아버지가 있었는지 동네 아주머니들이 기웃거리고 다른 할아버지들이 커피를 들고 드나들었는지를 하나도 알 수 없게 됐습니다.

털보네 만물상의 물건들이 비워지기 하루 이틀 전, 점포 앞에는 손으로 쓴 안내문이 붙어 있었습니다. 털보네 그만하는 날. 모든 물건 그냥 가져가세요! 털보 할아버지의 호쾌한 글씨체와 그 너그러운 인상이 겹쳐 보여서, 거기에서는 단 하나의 서글픈 기색도 찾아볼 수 없었습니다. 그런데 나는 그만, 그마저도 스물여섯 영심이처럼 슬프게 바라보고 말았던 거예요. 나는 사실은 일면식도 없었고 말 한마디 섞어본 적 없었던 털보 아저씨가 벌써부터 그리워지는 이상한 기분을 느끼며, 인사할 엄두조차 내지 못하고 그대로 작업실로 걸어가야만 했습니다. 겨울이었습니다.

저번 주에는 거의 하루도 빠지지 않고 달리기를 했어요. 달리기가 힘든 날에는 걷기라도 했어요. 제주도에서의 시간들을 잘 마무리하고, 돌아온 곳에서의 생활을 다시 잘 시작해보고 싶은 마음에서 그랬던 것 같아요.

하루는 '어제는 호수공원 쪽을 뛰었으니 오늘은 한양대학교 쪽으로 가야지.', 그런 생각을 하며 아파트 상가를 가로지르고 있었습니다. 어딘지 모르게 이상한 기분이 들어 고개를 들었는데, 거기엔 지금껏 줄곧 있어왔던 곳이, 응당 있어야 하는 곳이 없어진 채로 있었습니다. 자주 가던 상가 분식집이 없어져 있었던 거예요.

분식집 유리 여닫이문 앞에는 털보네와 마찬가지로 손으로 쓴 무언가가 붙어 있었습니다. 폐업. 그동안 우리 분식집을 사랑해 주셔서 고맙습니다. 행복하세요! 라는 말이었습니다.

아… 이제 나는 어디에서 치즈 라볶이를 먹고 어디에서 쫄면을 먹나, 여기가 제일 내 입에 맞는 곳이었는데, 그런 혼잣말을 뱉고 나서, 나는 다시 울컥 스물여섯 영심이가 됐어요. 과장 조금 보태서 왜 나한테만 이런 아픈 이별들이 찾아오나, 그런 식으로 한탄했던 것도 같네요.

꼭 어떤 장소가 아니더라도, 사람과의 그것이 아니더라도, 모든 이별은 서글픕니다. 적어도 내게만큼은 그랬어요. 어머니가 직접 떠 주신 검은 색 기다란 목도리도, 누군가와 하나씩 나눠 가졌던 만년필도, 몇 장 없는 어린 시절 사진도, 이제는 잃어버려 다시 볼 수 없고 만질 수 없어서 서글픈 것들이에요. 자다가도 불쑥불쑥 떠올라, 그건 정말 어디로 갔을까, 지금쯤 태평양이나 대서양 어딘가를 떠다니고 있는 걸까, 생각하곤 합니다. 어쩌면 그래서 지금의 내가 물건을 잃지 않기 위해 강박 비슷한 생활패턴을 갖게 된 건지도 모르겠습니다.

아무리 잃지 않으려 노력해도, 보내지 않으려 애쓰고 칭얼대도 이별은 언젠가 찾아올 겁니다. 한 달에 한 번쯤 염색을 하는 우리 부모님도 언젠가는 이 세상에 저를 두고 떠나가시겠죠. 소중한 물건은 예고도 없이 가방에서 세상 밖으로 탈출할 거고 몇몇 친구는 내게 서운함을 느끼고 또 나를 오해하여 내 곁을 떠나기도 할 겁니다. 몇 그릇의 눈물이 몇 명의 애인을 대신하여 내 앞에 놓일 것입니다. 그리고 나는 그를 긍정합니다. 자연이 그렇듯, 당연히 그러리라고 생각하는 겁니다.

그래도 오늘 같은 날이면요, 나는 어쩔 수 없이 혼잣말을 하게 되는 거예요. 스물여섯 영심이처럼, 뭔가 붙잡으려는 목소리로, 이렇게,

그래도 헤어지는 건 정말 싫다…….

—

꿈

언젠가 누군가는 내 꿈을 꾸기도 했을까, 그런 생각을 하다 보면 별안간 조금 쓸쓸해진다. 언젠가의 나는 그때의 누군가에게 꿈에 네가 나왔는데, 너무 아파해서 나까지 너무 아팠어, 침대 옆에서 몇 시간이나 얼굴을 쓰다듬어 줬어, 그렇게 말한 적이 있다. 그 누군가는 놀랐겠구나 말하곤 오히려 내 얼굴을 쓰다듬어 주었다. 만약 언젠가 누군가는 내 꿈을 꾸기도 했다면, 그 사람도 놀라서 내게 그런 말을 했을까. 나는 그 사람의 얼굴을 쓰다듬어 줬을까. 별안간 조금 더 쓸쓸해진다.

—

사람이라는 가구

장소에 관한 묘한 욕망이 있다.

가령 조금 부담스러운 임대료를 내가며 작업실을 갖고 있는 거라든가, 절대 주변 사람들에게 알려 주지 않는 나만의 피난처 같은 카페를 알고 있는 것도 그 욕망 표출의 일부분들이다.

몇 년 전부터 우후죽순, '공유 공간'이라는 이름을 단 장소들이 생겨나고 있다. 공유 공방, 공유 오피스 같은 것들. 나는 그런 곳들을 체질적으로 좋아할 수가 없는 사람이다. 물론 내 작업실에도 종종 사람이 오가고, 나만 알고 싶어 하는 카페에도 최소한의 손님은 드나들지만, 그것과는 다른 맥락이다. 이 장소는 모두의 공간입니다, 하고, 대놓고 공유되는 공간에서는 좀처럼 내가 나이기가 힘든 것 같다.

한 번, 미팅을 하러 위워크 을지로를 찾은 적이 있다. 목걸이 같은 출입증을 대고 엘리베이터를 타서 올라간 곳에는 수

많은 사람이 오가고 있었다. 그건 인테리어로 보나 창밖 빌딩 숲의 정경으로 보나 영락없는 회사의 모습이었는데, 하나 다른 것은 사람들의 모습이 조금 더 자유로워 보인다는 점이었다. 저 사람들은 게임 개발팀이고요, 저쪽 사람들은 아마 스포츠용품 스타트업일 거예요, 미팅을 하기로 한 젊은 대표로부터 간략한 소개를 들었다. 같은 공간을 쓰는 사람이면서 거의 남인 것처럼 이야기하고 있는 것이 신기했다. 그러면서도 그는 그 사람들과 눈빛으로 인사를 나누고 있었다. 나는 그 공간에 꽉꽉 들어차 있는 사람들이 마치 외계 종족처럼 느껴졌다. 이렇게나 타인이 많은데, 의식의 끈을 놓지 않으면서 또 동시에 자신의 일에 집중할 수 있다니.

 나는 좀 과할 정도로 남을 의식하는 사람이다. 사실 타인은 나를 그다지 신경 쓰지 않는다는 것을 이제는 잘 알게 됐는데도 그렇다. 보는 사람이 없어도 있는 것 같다. 걸음걸이를 신경 쓴다. 한 시간에 일곱 번은 목소리를 가다듬는다. 얼굴에 뭐가 묻지는 않았는지를 여유가 날 때마다 살핀다. 그리고 정신을 차려 보면 거기엔 간단한 일조차도 제대로 해내지 못하고 있는 내가 있다.

내가 나일 수 있는 공간이 항상 필요했다. 어쩌면 눈이 나빠진 것도 어려서부터 장롱 안에서 하루 대부분의 시간을 보내버릇해서일 수도 있다. 시험 기간이면 돈이 좀 들더라도 도서관보단 최대한 폐쇄적인 독서실을 찾았고 대학 생활의 대부분 역시 야외보단 실내, 모두의 실내보단 나만의 자취방에서 보내곤 했다.

스물일곱, '우리만의 작업실 겸 카페'라는 말에 혹해 첫 카페를 차렸다. 나만의, 우리만의… 그때의 나는 그 우리만의 작업실이라는 말이 너무도 좋아 꽤 열성적으로 성수동 어느 건물의 지하 B호를 치우고 꾸몄다. 조금 오래된 건물 특유의 퀴퀴한 냄새와 곰팡이 자국을 지우려 거의 모든 부분을 사포질하듯 갈고닦았던 것 같다. 바닥 타일을 다 뜯어내고 해머드릴로 평탄화를 했다. 프라이머를 펴 바르고 그가 마를 때까지 기다렸다. 그 위로 에폭시를 덮어 바르고 또 무작정 기다렸다. 장마철이라서, 심지어 지하라서 무척 건조가 더뎠지만 기꺼이 견뎌낼 수 있었다. 직접 고른 가구와 소품들로 공간 곳곳을 채웠다. 카페는 오픈 무렵의 폭발적인 성업 뒤로점점 잠잠해졌고 결국 일 년을 못 갔다. 하지만 그 무렵의 나는 그 공간 안에서 장사를 하고 가끔 밤을 새워 글을 쓰며,

또 술에 취해 새우잠을 자며 분명히 행복해했었다. 아마 성수 2가 지하의 퀴퀴한 냄새와 칙칙한 조명은 내게만큼은 앞으로도 영원히 따뜻하고 아늑하게 기억될 것 같다.

성수동 카페를 정리하고는 홍은동으로 갔다. 포방터 시장길 안에 위치한 열 평도 채 되지 않는 작은 작업실에서, 나와 동료 작가는 종종 글쓰기 강의를 하고 자주 작업을 했다. 술을 마시고 홍제천을 걸었다. 그리고 조금 더 제대로 된 공간을 갖자는 마음으로 옮겨온 곳이 바로 지금의 망원동 작업실이다.

망원동 생활은 지금까지는 아주 만족스럽다. 몇 년 전 성수동에서 그랬던 것처럼 하나부터 열까지 다 우리의 손으로 꾸몄기에 눈에 거슬릴 것도 없다. 작업, 음주, 강의, 무엇을 하든 마음이 편하다. 심지어 아무것도 안 해도 편안한 느낌을 주는 공간이다. 내가 어려서부터 그토록 갖고 싶었던 나만의 공간. 우리만의 공간. '~만의'가 곳곳에 묻어 있는 아늑한 공간.

얼마 전까지 제주에 머무는 동안, 이틀에 한 번꼴로 들렀던 작은 카페가 있다. 치타델레라는 다소 낯선 이름을 지닌, 간판도 없는 카페였다. 나중에 찾아보니 치타델레Zitadelle는 요새 안의 독립된 작은 보루, 내성(內城)이라는 의미를 지닌 독일어 낱말이었다. 괴테는 아무도 그 안으로 들어올 수 없는 자아란 개념을 치타델레(Zitadelle)라 명했다고도 한다. 달리 말하면 자기만의 공간인 거겠지. 나는 괴테 아저씨도 나와 어느 정도 마음의 끈이 맞닿아 있는 사람인 것만 같아 묘한 동질감을 느꼈다.

치타델레의 투박한 목재 문을 밀고 들어가면 문의 그것과 똑 닮은 톤의 바와 테이블, 의자들이 나를 맞는다. 여느 상업적인 카페들과는 달리 테이블과 테이블의 간격이 꽤 넉넉하다. 대충 이십 평 정도 되는 면적에 테이블이 다섯 개쯤 있었던가. 적당한 목소리로 대화한다면 그 내용을 감출 수 있을 정도로 사람을 안심시키는 거리감이다.

그 공간에서 머무는 내내 책을 읽었다. 하루는 하루키의 책을 가져가서 읽었고 하루는 최은영의 소설을 읽었다. 다른 하루는 이연주의 오래된 시집을 읽었다. 그리고 그건 다른 테이블의 사람들 역시 마찬가지였다. 모두가 동물보단 식물에 가까운 모양새로 그들만의 책을 읽고 있었다.

나는 문득 그 공간 안의 사람들은 자신의 것을 읽음으로 그곳의 가구 같은 게 되는 게 아닐까 생각했다. 그곳에 앉아 있는 사람들은 그저 커피나 디저트 같은 것을 소비하는 상업적 의미의 사람이 아닌, 공간을 구성하는 가구나 오브제 같은 느낌을 풍기고 있었다. 그리고 나는 당연히 그들이 참 편안했다. 아무런 눈치도 보지 않고 내 것을 읽고, 내 메모를 해낼 수 있었다.

　망원동 작업실에서는 한때 일주일에 금요일 하루만 카페 영업을 했었다. 돈을 벌고자 하는 건 아니었다. 다만 이 평화롭고 담백한 공간을 다른 사람에게도 베풀고 싶은 마음에서였다. 그리고 지금은 카페의 영업을 쉬고 있다.
　앞으로 이 공간에서 무엇을 할지는 모르겠다. 다시 카페 영업을 재개할 수도 있고 카페가 아닌 다른 업종으로 사람을 기다리게 될 수도 있겠지. 다만 이곳도 꼭 그런 느낌을 주는 곳이었으면 한다. 단순히 타인으로 들어와 타인으로 머무는 곳이 아닌, 잠시여도 좋으니 그곳의 일부가 되는 느낌, 가구 또는 식물로 머물다 가는 느낌을 주는 곳이었으면.

—

싫어 싫어

내 퇴근길은 이렇다.

작업실을 나와 바로 앞의 마포구청역에서 봉화산 방향으로 가는 전철을 탄다. 삼각지역에서 내려 안산 방향으로 가는 사호선 열차로 갈아타곤 거의 끝까지 간다. 갈아타고도 약 한 시간을 가야 하지만, 나를 비롯한 여러 경기도민에게는 너무나도 당연한 일이리라고 생각한다. 매일같이 다니다 보면, 한 시간에서 한 시간 반쯤은 아주 우스워진다.

2월쯤이었나, 아주 익숙하게 집으로 돌아가는 길이었다. 수강생 여러분과 맥주를 한잔해서 평소보다 조금 늦게 출발했는데, 사호선 열차로 갈아탔을 때는 막차 시간에 가까워지고 있었기 때문인지 확실히 평소보다 사람이 많았다. 그래도 자리가 하나 비어 있어 재빨리 걸어가 앉을 수 있었다.

왜 그 자리만 비어 있었던 건지를 고민할 필요가 있었다. 앉은 지 삼 분 정도쯤 지났을까, 옆에서 코를 찌르는 소주 냄새가 풍겨 왔다. 살짝 고개를 돌리니 옆자리에서 지극히 흔한 인상의 아저씨 한 분께서 꾸벅꾸벅 졸고 계셨다. 아마 미니시리즈에서 주인공의 직급이 좀 되는 회사 상사처럼 생기셨다고 하면 괜찮은 묘사일까, 정말 그랬다. 그냥 딱, 어디에서나 볼 수 있는 중년 남성의 얼굴이었다. 아마 이 술 냄새 때문에 아무도 앉지 않았고, 앉았더라도 금세 자리를 옮겼던 거겠지. 하지만 나는 그냥 앉은 채로 가기로 했다. 무엇보다도 평소보다 좀 무리를 해서 피곤했고, 뭐가 됐든 지금부터 한 시간은 계속 이동해야 했으니까.

전철 안은 사람들 각각의 피로와 술기운, 늦겨울의 가라앉은 기분들로 아주 조용했다. 누군가가 작게 재채기를 하거나 전화를 받기만 해도 그쪽으로 모두의 시선이 쏠릴 정도로 조용했다.

'툭'과 '딸그랑' 사이의 소리가 가까운 곳에서 들려왔다. 잠깐 눈을 감고 있었던 나도 그 소리에 눈을 떴다. 발 앞에 안경이 떨어져 있었다. 얇은 금테로 된 지극히 평범한(마치 미

니시리즈에서 직급이 좀 있는 사람이나 쓸 법한) 안경이었
다. 아니나 다를까, 옆을 돌아보니 졸고 있던 아저씨의 얼굴
에는 전까지 걸려 있던 안경이 없었다. 아저씨의 안경이 떨
어진 모양이었다. 사람들이 아저씨와 나를 번갈아 보고 있었
다. 가장 가까우니 당신이 줍는 게 맞지 않겠어요, 그렇게들
눈으로 말하는 것 같았다.

　나는 어쩔 수 없이 안경을 주웠다. 저기요 아저씨, 안경, 말
을 걸어도 아저씨는 대답이 없었다. 어쩔 수 없이 팔을 몇 번
밀었다. 저기요 아저씨, 안경이요.

　아저씨께서 살짝 고개를 드셨다, 그러더니 눈도 뜨지 않고
갑자기 고개를 가로저으며, 그 얼굴과 표정에선 나올 것 같
지 않은 아양 섞인 목소리로

　"싫어, 싫어."

　하시는 거였다. 생각보다 술에 더 많이 취한 모양이었다. 나
는 이런 방식으로 호의를 거절당한 게 처음이라, 안경을 들
고 몇 초간 굳어 있을 수밖에 없었다. 사람들은 여전히 나를

뚫어져라 보고 있었다. 점점 얼굴로 피가 쏠렸다. 열차가 점점 속도를 늦추고 있었다. 사당이랄지 남태령역 어디쯤에 정차하려는 모양이었다.

순간 아저씨의 무릎이 보였다. 이 정도 두께의 무릎이라면, 이런 생각과 함께였다. 가만 보니 무릎은 그의 머리통과 모양새랄지 너비 같은 게 많이 닮아 있었다. 왜 그랬는지는 모르겠는데, 나는 얼른 안경다리를 펼쳐서 그의 무릎에 씌워두곤 정차한 차에서 내려버렸다. 그리곤 조금 빠른 걸음으로 걸어 옆 칸으로 가 다시 몸을 실었다. 이제 나는 이 역에서 막 열차를 탄 사람이었다.

이 칸에 타고 있는 사람들은 나를 모르고 나를 처음 보는 사람들일 텐데, 이상하게 얼굴이 점점 뜨거워졌다. 땀이 날 정도로 민망했다. 열차가 출발하고 몇 개의 역을 거치는 동안, 나는 홀로 더위를 식히느라 고생해야 했다. 그날따라 퇴근길이 길었다.

자신의 몸도 가누지 못할 정도로 술에 취한 중년 남성에 대한, 이유 모를 혐오감 같은 게 늘 있었다. 특유의 무례한 언행과 냄새, 보기에 좋지 않은 표정과 흐트러진 몸짓이 싫었다.

그러니 평소였으면 그 아저씨가 죽도록 싫었어야 했다. 당신이 감히 내 호의를 이런 식으로 거절해? 웃기는 사람이군, 화를 내며 벌떡 일어나야 했다.

그런데 그날은 그게 잘 안 됐다. 그 아저씨가 싫다거나 혐오스럽지 않았다. 당신도 오죽하면 그러겠어. 얼마나 싫으면 그렇게 징징대고 싶겠어. 다만 그런 생각만 했다. 어쩌면 그 싫어, 싫어, 하는 아양 섞인 칭얼거림이 의외로 내게 귀엽게 다가왔기 때문에 그가 싫지 않았는지도 모른다.

그 마음, 나도 조금은 알 것 같기도 하다. 모두에게 어른스럽게 보이려 애쓰고 실제로도 만사가 대수롭지 않았던 내게도, 때로는 술을 마시고 혀 짧은 소리를 내고 싶고 고개를 가로저으며 아무튼 다 모른다고 말하고 싶은 날이 있었다.
성격상 힘들거나 아픈 일이 있어도 남에게 의지할 수가 없었다. 아주 친한 친구나 가족에게도 그랬다. 조금이라도 나의 힘듦을 입 밖으로 꺼내면, 그 순간 그들도 다소간 나의 짐을 버티게 될 것만 같았다. 그런 민폐가 어딨어, 그런 마음에 나는 지독할 정도로 혼자 모든 걸 감당하는 편이었다. 하지만 그런 날, 그러니까 혀 짧은 소리를 내고 고개를 가로지어야만 했던 날, 그런 날에는 안경을 흘리기도, 중요한 메모 뭉치를 흘리기도, 얼굴에서 이상한 물방울들을 흘리기도 했다.

아저씨에겐 오늘이 아이가 되고 싶은 밤이었겠지. 집 앞에서는 다시 뺨을 꼬집어서 정신을 차리려 애썼을까. 가족의 앞에서는 다시 어른스러운 모습을 보이려 애썼을까. 아니면 내게 보였던 것보다 몇 배는 더 강렬한 싫어, 싫어를 보여 줬을까. 안경은 제대로 무릎에서 얼굴로 옮겨졌을까.

‐

터널

지금 너의 삶이
깜깜한 터널 안에 있다고
너무 아파하지는 마.

터널 안에서 멈춰 있는 차는
사고 난 차가 아닌 이상은 없듯이
그 아픔도 죽지 않는 이상은
어찌어찌 흘러가긴 하지 않겠니.

—

캘리포니아와 겨울날의 중간

가을이 오고 있대요.

나는 늦은 밤 집으로 돌아가는 길에서의 바람으로부터, 망원시장 과일가게에 진열된 무화과로부터, 마음속에서 조용히 소용돌이치는 가려움 같은 것들로부터, 천천히 그 계절이 오고 있음을 느낍니다.

마음의 작은 가려움. 어딘가가 가려우면 우리는 그곳을 긁게 되잖아요. 긁은 곳이 짓무르거나, 하얗게 살이 일어나게 될 것을 알면서도, 일단은 긁고 보잖아요. 그런 마음의 어쩔 수 없음이 가을이면 유독 제게는 짙게 다가오는 것 같아요.

좋아하고 있어요. 가려운 것을 긁듯 말합니다. 언제부터였는지는 모르겠어요. 한두 번쯤 스쳤을까, 어쩌면 우리는 그 한 번도 마주치지 못한, 사진과 영상들로만 이루어진 세계에서만 만난 두 사람일지도 몰라요. 하지만 좋아해요. 그냥 그러고 싶었고, 그러다 보니 그래왔고, 그래왔다 보니 그러고 있어요.

 저는 〈중경삼림〉이라는 영화를 좋아하는데요, 페이라는 여자 주인공을 유독 좋아해요. 꼭 저와 닮은 것 같았거든요. 샌드위치 가게에서 일하는 페이는 종종 음식을 사러 오는 '경찰 663'을 몰래 좋아하고 있었습니다. 그가 가게에 올 때마다 괜스레 주의를 끌기 위해 음악을 크게 틀곤 콧노래를 부르거나 몸을 흔들곤 했죠. 그러다 결국은 그가 없을 때 그의 집에 몰래 들어가 청소를 하거나 어항 물을 갈아 주거나, 곳곳을 꾸미기까지 합니다. 조금은 소름 끼치기도 하지만, 그게 페이 나름의 사랑 방법이었던 거죠.

 자주 페이처럼 당신을 좋아했어요. 물론 당신의 집을 몰래 찾아간다거나 과하게 당신의 면면을 들춰본 것은 절대 아니었어요. 다만 나는 당신의 주의를 끌기 위해 당신과 닮은 음악, 나를 닮은 음악을 자주 들었어요. 아주 가끔은, 여러분, 이것들 같이 들어요, 그렇게 공유를 했던 것 같기도 하네요. 당신이 좋아할 만한 단어들을 골라 노래를 부르듯, 춤을 추듯 써서 올린 글이 열 편은 넘었을 거예요. 어쩌다 우울하신 것만 같은 날이면 청소를 해 주듯, 어항 물을 갈아 주듯 익살을 떨거나 받는 사람이 모호한 위로를 던지기도 하였습니다.

중경삼림의 마지막 장면에서처럼, 또는 김동률의 뮤직비디오에서처럼 우리도 마주칠 날이 있을까요? 물론 어떤 뮤직비디오에선 만나기만 할 뿐, 껴안아 하나가 된다거나 하는 해피엔딩은 없었지만요. 그래도 괜찮아요. 한 번쯤은, 사랑이 아니더라도 얼굴을 보고 웃으며 인사하고 싶습니다.

가을이 오고 있다죠.

내가 가장 좋아한다고 했던 가을이. 이때의 옷이 내게는 그나마 가장 잘 어울려서, 그것들을 입은 내 모습을 얼른 보여주고 싶다고 했던 가을이. 어딘가가 부쩍 가려워져서, 듣지도 못하실 이런 말들을 읊조리는 가을이요. 팔월 이십이일 밤, 나는 이 쓸데없는 편지를 쓰며 페이처럼 캘리포니아 드리밍을 듣습니다.

모든 나뭇잎은 갈색이고 하늘은 회색이야

산책을 했었어, 어느 겨울날에

LA에 있었다면 편하고 따뜻할 텐데

캘리포니아 꿈을 꾸네, 이런 겨울날이면

같은 땅 위에 있는 한, 우리는 캘리포니아와 겨울날의 중간에 함께 있어요, 가을 말이에요.

우리는 계절로 닿아 있는 두 사람, 그렇게 생각하며 가려운 편지를 마칩니다.

일인분의 외로움

ⓒ오휘명 2020

초판 1쇄 발행 2020년 8월 3일
초판 3쇄 발행 2022년 8월 17일

지은이 오휘명
펴낸이 박근호 오휘명
책임편집 오휘명
마케팅 박근호 김은비
조판 정나영
디자인 정나영 (@warmbooks_)
펴낸곳 히읏
출판등록 2020년 4월 28일 제 2020-000109호
제작처 책과 6펜스
전자우편 heeeutbooks@naver.com

ISBN 979-11-970875-0-9 (03810)